KB073747

원래 책 안 읽는 아이

아이들 덕분에 자란 오드리 선생의 따뜻한 학교 이야기

원래 책 안 읽는 아이

이 금 희

피서자장

감성을 채우는 도서출판

나를 키워준 건,
모두 아이들이었다

교사라는 직함으로 살아온 지 삼십 년이 다 되어갑니다. 많은 아이들을 만나 함께 지내다 다시 새 아이들을 기다립니다. 각자 다른 이름을 가진 다른 얼굴들, 살아온 내력도 다르고 마음의 결도 다르고 바라보는 지점도 다른 아이들이 오늘도 내일도 학교에 옵니다. 아이들은 학교에서 하루 종일 삽니다.

그 아이들에게 학교는 어떤 곳이어야 할까를 늘 고민합니다. 종소리에 맞추어 다른 교과서를 꺼내 책상 줄을 맞추는 해맑은 아이들에게 교사가 어떤 존재여야 하는지를 늘 고민합니다. 아이들은 지금 있는 그대로 충만하고 아름답고 빛납니다. 교육이란 이름으로 그 충만함과 빛남을 누르고 쓸쓸한 지점만을 가리키는 것이 아닐까 스스로에게 묻습니다.

어떤 이유로든 학교가 아이들에게 좋은 공간이면 좋겠습니다.

급식이 맛있어서, 좋아하는 선생님이 있어서, 친구와의 수다가 즐거워서, 운동장과 벤치가 예뻐서, 학교와 키재기를 하는 미루나무 위의 까치집이 신기해서 등등 그것이 무엇이든 학교는 가고 싶은 공간이었으면 좋겠습니다.

저는 중학교, 인문계 고등학교, 특성화 고등학교에서 아이들을 가르쳤습니다. 초짜였던 중학교 선생 시절에는 아이들과 많이 놀러 다녔습니다. 칠판 가득 시를 적어 함께 읽어가며 한 시간 수업을 끝내기도 했습니다. 아이들은 미숙한 선생님을 기다려주고 격려해주고 잘한다고 웃어 주었습니다. 아이들은 저를 그렇게 키워 주었습니다.

인문계 고등학교에서는 수업을 잘하는 선생이고 싶었습니다. 어렵지 않게 쏙쏙 이해되도록 가르치려고 교재를 연구하고, 점수가 잘 나오면 다 내 덕이지 싶었습니다. 하지만 자주 맘이 아팠습니다. 새벽 7시부터 시작하는 0교시 수업에서 본 수업, 보충 수업, 그리고 야간 자습 감독까지 하면서 과연 이것이 진짜 교육이 맞는지 자꾸 되물어야 했습니다. 오로지 대학 입시만 바라보는 고등학교 수업이 바른 교육인지도 물었습니다. 그래도 아이들은 저에게 늘 웃어주었습니다. 아이들은 스스로 웃는 방법을 배워 서로에게 따스한 위로가 될 줄 알았습니다. 그 웃음과 위로가 저를 지켜 주었습니다.

저에게 제대로 된 선생 노릇을 하도록 일깨워준 곳은 특성화

고등학교입니다. 그곳에서 저는 혼자 떠드는 선생 노릇을 버렸습니다. 온갖 시행착오를 거치며 아이들이 질문하고 논의하고 발표하는 수업을 시도하였습니다. 그럴 때마다 아이들은 이런 거 왜 하느냐고 꼭꼭 물어봐 주었습니다. 그 질문 덕분에 저는 국어 수업이 무엇을 하는 것인지 교육이 무엇을 지향해야 하는지 잊지 않을 수 있었습니다. 그 질문과 의심이 저를 힘내도록 해주었습니다.

아주 오래 전 저에게 이런 말을 해 준 분이 있었습니다.
"학생들이 '왜?'라는 질문을 하도록 가르쳐라."
그 말이 무엇을 의미하는지 이제는 어렴풋이 알 것 같습니다. 가르침이란 학생을 향하는 것이 아니라 내 인생을 향한 것임을 알게 되었으니까요. 부족한 저를 오늘도 아이들이 가르칩니다. 그래서 학교 가는 길은 설레는 일입니다.

학교에서 아이들이 자랍니다.
몸도 자라고 맘도 자라고 머리도 자랍니다. 아이들은 선생님 없이도 잘 자랍니다. 하지만 우리가 묵묵히 기댈 수 있는 벽이 되어 주고, 힘들 때 응원해주는 작은 손길이 되어 주고, 팔 벌려 크게 환호하는 박수가 되어줄 때 아이들은 더 잘 자랍니다. 그런 아이들 덕분에 우리 선생님들도 잘 자랍니다.

수석교사가 된 후 쓴 교육 칼럼을 모아 한 권의 책을 만듭니다. 아이들 이야기, 학교 이야기 그리고 세상 이야기로 나누었지만 다 제 눈에 들어온 풍경만 맘대로 읊었습니다. 부끄럽지만 그동안 저를 키워준 아이들에게 감사 인사를 하고 싶어 용기를 냈습니다. 매일매일 아이들이 행복했으면 좋겠습니다. 그러면 우리 선생님들도 행복하니까요.

2019년 2월

오드리의 서재에서

☀ 목 차

저자의 말 4

1장

원래 책 안 읽는 아이　16

토끼와 거북이 이야기　19

달과 트럭　25

웃돈까지 주세요　30

돌아보는 배려와 봉사　34

오지랖 넓은 공부　38

공평과 책임　42

떼쓰기와 이치 따지　48

틈에서 자라는 아이들　52

깃털을 다듬는 송골매처럼　55

취업준비, 다 되었습니다   58

나에 대한 선입견 깨기   62

논리를 이기는 힘   66

참 괜찮은 내 삶   70

인문계니까 더 필요하지요   75

인생계획서   81

콘셉트 있는 자기소개   85

쓸모없음의 쓸모   88

불러 아픈 이름   91

2장

학생부 열전   96

초짜 선생님을 위해   100

정년퇴임을 축하하며   103

해 봐야 배운다   106

그리 바삐 읽어서 뭐하게요   111

과정이 살아있는 수업   115

수석교사 4년   118

수행평가 때문에 힘들어요   122

코끼리를 움직이는 힘   125

인성 교육을 더 하라고?   128

당신이 무엇을 상상하든   132

대표의 자격과 선택의 권리   135

친구와 함께 책 읽기   138

침대에 맞춰 몸을 늘리라고요?   141

선생님의 수업 공개   144

잘 가르치면 잘 배울까?   147

3장

비속어를 위한 변명   152

칭찬보다 인정   155

내 것 같은 내 것 아닌   158

처음 책을 쓰는 그대에   161

고래만 생각하세요   165

엄마와 같이 읽는 책   171

손 놓아주기   175

낯섦으로 빚는 설렘   178

고사告祀와 고사考査   181

배움을 놓아주다   184

권선징악과 해피엔딩   187

알아들을 수 있게 말해 줘   190

인공지능과 송화다식   193

한여름 밤의 꿈   197

심청전   201

의심과 질문의 인문정신   205

인문학에 공부의 길을 묻다   210

한가위에 보내는 감사   213

쉰에 생각하는 효   216

변두리 어디쯤에서 오래 귀기울이는   220

1장

원래 책 안 읽는 아이

학창시절 국어 시간에는 일어서서 책을 읽었다.

번호 순서대로 읽기도 했고, 끝번호가 날짜와 같은 학생들이 일어나 책을 읽기도 했다. 큰 소리로 읽는 아이도 있고, 들릴 듯 말 듯 작은 소리로 읽는 아이도 있고, 가끔은 손으로 짚어가며 읽는 아이도 있다. 한 페이지를 다 읽기도 했고, 가끔은 절반 정도 읽었을 때 "다음" 하고 신호를 주면 그 다음 학생이 읽었다. 그렇게 읽는 것이 얼마나 효과적인지 별 생각은 없었다. 중·고등학교 때 배운 대로 내 국어 수업에서도 그대로 반복하였다.

그러던 어느 봄날이었을 것이다. 순서가 된 학생이 일어나지 않았다. 기다려도 일어나지 않았다. 모두가 그 학생 쪽으로 고개를 돌려 쳐다보았을 때 옆 짝꿍이 한마디 말해 주었다.

"얘는 원래 안 읽어요."

글자를 못 읽는 학생인가? 중3 교실에 설마 한글을 못 읽는 학생이 있을라고. 원래 책을 안 읽는다는 여학생은 얼굴까지 발개지며 고개를 책상으로 떨어뜨렸다. 천천히 다가가서 물었다.

"읽을 줄 아니?"

조용히 고개를 끄덕였다.

"그래? 그럼 소리 내서 읽지 않아도 돼. 앉아서 읽어도 돼. 대신 다 읽으면 나에게 신호를 줘. 할 수 있겠니?"

그러자 그 학생은 나를 한 번 쳐다보고는 책으로 시선을 돌렸다.

"자, 이 친구가 읽을 거니까 너희들도 같이 눈으로 읽어라."

내 신호에 맞춰 다른 아이들도 책으로 눈을 돌렸다. 아무 소리도 나지 않았다. 아주 조용한 책 읽기가 시작되었다. 내가 속말로 책을 다 읽을 즈음 그 학생은 나를 쳐다봤다.

"잘 했다. 아주 잘 읽었어."

몇 달이 지난 뒤 '원래 책을 안 읽는' 여학생의 순서가 되었다. 평상시 수업 시간에 집중을 잘 하는 편이라 학습 능력에는 별 문제가 없는 학생이라고 알고 있었다. 하지만 이번에도 소리 내어 읽는 것은 힘든 듯했다.

"소리 내서 안 읽어도 돼. 대신 일어서서 눈으로 읽어줄래?"

머뭇거리며 아이가 일어났다. 다시 조용한 책 읽기가 시작되었고, 우리는 각자 눈으로 책을 따라 읽었다.

또 얼마쯤 시간이 흘러 '원래 책 안 읽는' 여학생의 읽는 순서가 돌아왔다. 나를 힐끔 쳐다보는 아이의 표정은 밝아보였다.

"소리 내어 읽어 볼래?"

아이는 난처하다는 눈짓을 보냈다.

"그럼 안 들려도 돼, 대신 네 입을 움직여서 속말로 읽어 봐."

아이가 입술을 움직여 책을 읽었다. 하지만 아무 소리도 들리지 않았다. 다른 아이들은 모두 조용히 귀를 기울이며 들리지 않는 그 소리에 맞춰 행과 행 사이로 눈을 옮겼다.

"고맙다. 참 잘 읽는구나."

이십여 년 전의 이야기다. 아직 초보 교사 딱지를 떼지 못했던 때, 국어 교육이 무엇을 가르치는 것인지도 모르고 내가 배운 대로 혹은 참고서의 내용대로 가르치던 때의 이야기다. 그래서 어떻게 되었느냐고?

겨울 초입이었다. '원래 책 안 읽는' 여학생 차례가 되었다. 아이는 쭈뼛거리며 일어서 나를 한 번 바라보았다. 그리고 아주 작은 소리로 책을 읽기 시작했다. 낮은 목소리로 한 페이지를 다 읽더니 나를 보며 씩 웃었다. 반 아이들의 환호와 박수가 오랫동안 이어졌다. 여학생의 어깨를 토닥여주었다. 그때 나도 누군가의 토닥거림을 받는 느낌이었다.

토끼와 거북이 이야기

 토끼와 거북이의 경주. 누구나 다 아는 이야기다. 능력 있는 자도 자만에 빠지면 꾸준한 자를 이기지 못한다는 교훈을 담고 있다. 부지런히 하면 누구나 일등을 할 수 있다는 신화의 원조라 할 수 있다. 워낙 유명하다 보니 토끼와 거북이는 그 이후에도 여러 번 경주를 한다.(유튜브에서 「토끼와 거북이 신버전」을 검색하면 볼 수 있다.) 토끼는 절대 한 눈 팔지 않는다. 당연히 토끼가 매번 이긴다. 토끼의 달리기 역량이 거북이보다 월등하게 뛰어나기 때문이다.

 하지만 거북이는 토끼를 이기고야 만다. 거북이가 사당오락四當五落과 형설지공螢雪之功의 각오로 일신일신우일신日新日新又日新한 것은 절대 아니다. 거북이의 몸에 울트라캡션짱 모터를 단 것도 아니다. 바뀐 것은 경주의 상황일 뿐이다. 예전에는 땅에서 달리기를 했지만 이제 그들의 레이스에는 땅도 있고, 큰 강도 있다. 제아무리 달리기 역량이 뛰어난 토끼라 해도 강물 앞에서는 속수무책이다. 거북이는 아주 느린 걸음으로 동동거리는 토끼를 지나쳐 유유히 강을 건너 느린 걸음으로 결승점에 도달한다. 제법 통쾌한 버전이다.

'누구나 제 몫의 재능을 타고 난다'는 말이 있다. 그 재능을 지능의 영역으로 풀이한 사람이 가드너다. 가드너(Gardner)는 지능을 개인이 특정 상황이나 맥락에서 문제를 해결해 내는 능력이나 개인이 살고 있는 문화에서 가치 있다고 생각하는 것을 만들어내는 능력이라고 보았다[1].

지능을 단순히 지적 능력에만 국한하지 않고 문제해결 능력, 창조 능력으로 확대한 것에 의의가 있다. 그의 '다중지능이론'에 따르면 인간의 지능은 언어·음악·논리수학·공간·신체운동·인간친화·자기성찰·자연친화·실존지능 등 9개의 하위 영역으로 나눌 수 있다. 이 중 나의 눈길을 끄는 것은 인간친화, 자기성찰, 자연친화, 실존지능 같은 것이다. 인간친화 지능은 타인의 기분이나 동기, 바람을 잘 이해하고 그에 적절하게 반응할 수 있는 능력으로, 이 지능이 발달한 사람은 사람들과 관계 맺기를 좋아하고 이해와 공감 능력이 뛰어나 곧잘 좋은 리더십을 발휘한다. 옆에 있으면 괜히 기분 좋고, 말 걸고 싶고 기대고 싶은 사람들이 이 분야의 능력자라 할 수 있다.

---

1) 하워드 가드너는 1983년 저서 『마음의 틀』에서 다중지능이론을 소개하였다.

자기성찰 지능은 자기 자신을 느끼고 이해하며 자신과 관련된 문제를 잘 풀어내는 능력으로, 이 지능이 발달한 사람은 자신을 잘 다스리고 스스로 자존감을 채워나간다. 소소한 일상에서도 깊이 있는 깨달음을 얻으며, 타인의 잣대나 욕망에 쉽게 흔들리지 않아 안정적인 정서와 태도를 가진다.

자연친화 지능은 자연에 대한 관심이나 인식이 뛰어나고 자연을 이해하는 능력으로, 이 지능이 발달한 사람은 식물이나 동물, 혹은 자신이 살아가는 환경에 대한 관심이 많고 자연을 효과적으로 이용하는 것에 뛰어나다.

실존지능은 영성 지능, 인간의 존재 이유, 삶과 죽음의 문제, 희로애락, 인간의 본성, 가치 등 철학적이고 종교적인 사고를 할 수 있는 능력이다. 어려서부터 죽음에 대해 관심이 많거나 인간의 본질에 대한 질문을 많이 하여 또래에 비해 애늙은이 같다는 소리를 들을 수 있고, 종교적으로 심취하는 경향이 크다.

내가 매일 만나는 학생들도 아홉 개의 지능 중 특정 지능이 발달한 아이들이 있을 것이다. 자연친화 지능이 아주 높은 아이는 고등학교 수학 교실에서 어떤 눈빛으로 앉아 있을까. 실존지능이 뛰어난 아이는 영어 시간에 어떤 자세로 시간을 보낼까도 생각해 본다. 인간친화, 자기성찰 지능이 아주 뛰어난 아이들이 교과서 여백에 적는 낙서나 마음 한편에서 떠돌고 있을 생각들을 추측해 본다.

모의고사 시험만 되면 한 줄로 마킹하고 일찌감치 잠자는 아이, 선생님의 설명을 알아들을 수 없어 계속 딴 소리로 떠드는 아이, 자주 배가 아프고 머리가 아파 조퇴를 밥 먹듯 하는 아이, 가방 가득 화장품을 담아 와 거울만 들여다보는 아이, 하루 종일 아무 말도 안 하고 그냥 멍하게 있는 아이. 창밖만 쳐다보고 이유 없이 쓰윽 웃는 아이.

지금껏 그냥 공부 못하는 아이 혹은 집중력 떨어지는 아이, 혹은 문제라는 낙인으로 어느 결에 제쳐두었던 아이들을 생각한다.

나는 그들이 강가에서 머뭇거리고 있는 토끼로, 아주 느리게 걸어가는 거북이로 보인다. 간혹 그들이 자연친화 능력, 자기성찰 능력, 인간친화 능력, 실존 지능의 고수들이 아닐까 의심하기도 한다. 하지만 나와 우리교육 현장에는 그 능력을 알아볼 안목도, 평가 잣대도 없다.

오히려 달리기의 달인인 토끼에게 물을 건너라고, 별로 안 어렵다고, 용기만 내면 할 수 있다고, 인내심을 더 키우라고 말하면서 그것이 교육인 줄 안다.

"한 발만 내디뎌 봐. 죽을 각오로 하면 뭐든 할 수 있어. 너를 믿어. 너는 할 수 있어."

얼마나 가혹한 말이었던가? 헤엄칠 수 없는 토끼에게 왜 굳이 헤엄을 가르치겠다고 호기를 부렸던가? 교사의 열의와 신념으로 한 명이라도 더 끌고 가겠다며 부렸던 고집과 오만으로 또 한 번 자신에게 좌절하고 힘들었을 토끼들을 생각한다. 강을 건너지 않아도 되고, 꼭 헤엄쳐서 강을 건너야 할 필요도 없는데.

감동적인 버전 하나 더. 토끼와 거북이는 똑같은 경주에서 경쟁 대신 협력을 선택한다. 어떻게? 바로 육지에서는 토끼가 거북이를 업고 달리고, 강에서는 거북이가 토끼를 등에 태우고 건너는 것이다. 서로가 이긴 경험을 되살려 쉽고 빠르게 문제를 해결한 토끼와 거북이는 더 큰 만족감을 느낀다. 그리하여 수영할 줄 모르는 토끼와 빨리 달리지 못하는 거북이는 둘 다 위너가 되었다. 둘 다 승자가 되는 경기라니.
행동이 아주 느린 학생이 있었다.
말도 느리고 걸음도 느리고, 밥도 느리게 먹고, 뭘 한 가지 처리하는데도 시간이 오래 걸렸다. 그 애의 뇌를 들여다본다면 시냅스들도 천천히 움직일 것만 같았다. 행동이 너무 느려 보고 있으면 솔직히 속이 터진다.
하지만 본인은 별 불만이 없고, 자신에 대한 만족감도 높은 편이었다. 욕망하는 것도 별로 없었고, 도전하는 것도 별로 없었다. 당연히 성적도 좋지 않고, 친구들과의 갈등도 거의 없었다. 있는 듯 없는 듯 존재했다.

나무늘보 같았다. 하루에 15시간 이상을 잔다는 나무늘보, 그 애는 농담 삼아 나무늘보가 자신의 롤 모델이라 말했다.

"샘, 나무늘보 대단하지 않아요?"

"뭐가?"

"그렇게 느린데도 멸종하지 않고 살아 있잖아요."

피식 웃음이 나왔다. 그렇구나. 그러다 갑자기 궁금했다. 그렇게 느린데 어찌 멸종하지 않았을까? 검색해 보니 이런 답이 나온다.

"나무늘보는 너무 맛이 없어 아무도 사냥감으로 생각하지 않는다."

달과 트럭

아이는 거의 하루 종일 핸드폰을 끼고 산다. 학교 친구들보다 온라인 친구들과 이야기하는 시간이 더 많고 대부분의 쇼핑도 인터넷으로 한다. 이성 친구는 없지만 좋아하는 아이돌이 있어 부족함을 별로 못 느끼며 산다. 그러던 어느 날 아이가 서류를 보여준다. 계약서란다.

"땅 매매 계약서라고?"
"네."
"네가 땅을 샀다고?"
"네."

자그마치 천 평이다. 천 평이면 웬만한 학교 운동장보다 넓은 땅이다. 1호 봉투 크기의 우편물 속에는 땅 매매를 증명하는 한

글판 계약서, 영문판 계약서, 그리고 까맣게 표시된 땅 사진이 함께 들어있었다.

"이게 네 땅이라고?"
"네."
같은 소리를 반복하고 있다는 거 나도 안다. 믿을 수가 있어 야지.
"근데 그 땅 주인이 있어? 땅은 주인한테 사야 하잖아."
"주인한테 산 거예요."

아이가 산 땅이 어디일까? 바로 달이다. 어라? 달 주인은 원래 토끼 아닌가? 토끼와 매매계약을 한 것은 아닐 테고. 아이가 달나라에 땅을 사게 된 사정인즉 이렇다.

달을 자기 땅이라 우긴 사람은 미국인 데니스 호프라는 이다. 그는 UN우주 조약에 "어떠한 정부나 기관도 달의 소유권을 가질 수 없다."는 문구의 맹점을 알아차리고, 즉 개인은 소유권을 가질 수 있다고 해석하여, 1980년 이후 달나라 대사관을 만들고 개인적으로 사람들에게 땅을 분양하기 시작했다.
이미 외국의 유명인들도 제법 이 땅을 분양받았고, 우리나라에도 달 소유권을 가진 사람이 제법 있다고 한다. 그 누구도 생각하지 못한 달의 땅으로 장사를 시작한 데니스 호프는 당연히 큰돈을 벌었다.

요즘도 대동강 물을 팔아먹는 봉이 김 선달이 있나 보다.

"이제 저 달이 네 달이구나."

우리는 같이 웃었다.

할아버지는 가야산 기슭의 가난한 농가에서 태어나 1940년대 초에 소학교를 다녔다. 일본도를 차고 다니던 선생에게서 일본어로 수업을 받았다. 마을 사람들은 모두 농사를 짓고 살았고, 농사일 잘하는 사람이 상일꾼으로 대접을 받았다. 그러던 어느 날 신작로에서 클룩거리며 부르릉거리는 트럭을 보았다. 낯선 트럭은 어린 소년에게 경이로움 그 자체였다.

"나는 그때 트럭 운전 조수가 되고 싶었어."

"왜 운전수가 아니라 조수가 되고 싶으셨어요?"

"운전수는 감히 바랄 수도 없었지. 조수만 되어도 출세한 것이라 생각했으니까."

초기 자동차들은 엔진이 자주 꺼지기 때문에 조수를 한 명씩 데리고 다녔다고 한다. 트럭 운전수까지는 차마 바라지도 못하고 조수만 되어도 좋겠다고 소원을 빌었던 소년은 이후 자가용을 운전하는 오너드라이버가 되었고, 구순의 나이에 스마트폰을 사용하신다. 그분의 일생은 농경사회, 산업사회, 지식 정보화 사회에 두루 걸쳐져 있다.

세월이 빠르다지만 과학 기술은 더 빠르고 상상력은 더욱 더 빠르다. 그러니 미래 예측은 늘 쉽지 않다. 오히려 그간 살아온 나의 인생 경력과 토대가 새로운 상상에 방해가 되기도 한다. 그래도 나는 종종 미래를 상상해 본다.

2050년은 어떤 세상일까?
'달에서 한 달 살아보기.'
'화성, 어디까지 가 봤니?'

이런 여행 상품이 인기가 있을지도 모른다. SF영화처럼 가상 현실이 일상화되고, 서울과 뉴욕이 삼십 분 거리의 공간으로 줄어들고, 청년기가 80세까지 길어지고, 사이버 세상과 우주의 공간을 '우리 땅'이라고 부를지도 모른다. 미래가 구체적 형상으로 다가오지는 않지만 분명 지금과는 다른 세계일 거라 상상한다.

제대로 그려지지도 않는 낯선 미래를 생각하며 교사인 나는 '아이들에게 필요한 교육이 무엇일까?'를 고민해본다. 그 애들이 살아갈 세상에 적합한 존재로 키우고 싶지만 솔직히 딱히 답이 없다. 그냥 믿어주고 격려해주고 도전하게 해주는 것밖에. 나를 따르라가 아니라 너의 상상과 도전을 따르라는 말밖에.

그런 의미에서 조벽 교수가 한 말이 맘에 오래 남는다.

"혁신은
아이들이 그들의 세상에 살아갈 수 있도록
우리가 바뀌는 것이다[2]."

---

2) 조벽, 『나는 대한민국의 교사다』 강의 중에 한 말

웃돈까지 주세요

화장실에서 담배를 피던 학생이 담임선생님에게 걸렸다. 선생님은 당연히 주머니를 뒤졌다. 담배 한 갑이 나왔다.

"담배는 압수다."

그러자 학생은 불같이 화를 냈다. 평상시에도 수시로 성난 수탉처럼 화를 잘 내는 녀석이다.

"담배 돌려주세요. 저 학교 안 다닐 건데요."

전형적인 대응이다. 자신의 더 큰 것을 볼모로 현재의 위기 상황을 회피하려는 전략이다. 하지만 여기서 학생에게 밀리면 안 된다.

"학교 다니고 안 다니고는 네 사정이지만 담배 핀 것은 잘못된 거야. 마땅히 벌을 받아야지."

담임선생님이 교무실로 따라 오라고 명했다. 보통은 잘못했다고 고개를 숙이는데 그럴 기미가 전혀 안 보였다.

"전 지금 집으로 갈 건데요."

"좋아. 네 엄마하고 통화를 하고 집에 가든지 해라."

전화 너머에서 노동을 하던 가난한 엄마는 죄송하다고 연신 사과를 했다. 그때 학생이 직접 통화를 하고 싶다고 했다. 간이 배 밖으로 나와도 한 자는 나온 학생이다. 학생은 전화에 대고 막무가내로 화를 냈다.

"아이씨, 담배 핀다고 뭐라 카잖아. 나 학교 안 다녀, 때려치울 거야."

한참을 씩씩거리던 학생이 전화기를 선생님에게 건넸다. 수식어처럼 죄송하다던 어머니는 '아이가 저렇게 나오니 죄송하지만 담배를 돌려주면 안 되겠냐'고 사정을 했다. 어머니가 저렇게 나오니 다른 도리가 없었다.

"좋다. 네 돈으로 산 것이니 담뱃값은 돌려주겠다. 두 개비 빼고 열여덟 개비 값을 주면 되겠지. 대신 네 엄마 통장으로 송금할 테니 그리 알아라."

그렇게 상황이 일단락되는 줄 알았다. 개인 사유재산이니 그것은 보장하되, 학칙을 어긴 행위에 대한 처벌은 차후 진행하면 되니까. 그때 학생이 마지막 한 방을 던졌다.

"안 되는데요. 그것보다 더 많이 주셔야 하는데요."

말인즉슨 미성년자이기 때문에 담배를 정가에 살 수 없단다. 더 많은 웃돈을 줘서 산 것이니 그 웃돈까지 셈해서 돌려달라는 것이다.

담임선생님은 어이없고, 황당한 감정을 차분히 누르고 한마디 했다.

"우선 상담실에 가 있어. 조금 있다 다시 이야기하자."

아이는 팽하니 돌아서 나갔다. 상황을 지켜보던 선생님들이 모두 조용히 숨을 내쉬었다. 이렇게 앞뒤 안 가리고 제 분과 노기에 가득 쌓여 있는 아이에게는 그 어떤 말도 들리지 않는다. 말을 시킬수록 오히려 흠만 키우는 행동을 할 뿐. 하지만 이런 아이들도 감정이 가라앉으면 대부분 다소곳해진다.

학교에서 담배 핀 학생이 사유재산 운운하며 웃돈까지 얹어서 돌려달라는 코미디 같은 상황을 보며 복잡한 감정이 올라왔다. 너무 어이가 없고 정신이 탈탈 털리는 느낌이다. 여기서 거론할 수 있는 키워드는 참 많다. 학생 흡연 문제, 학교 상벌 제도, 싸가지 없는 학생, 교사의 훈계, 가난한 가정, 자식에게 꼼짝 못하는 부모, 학교 졸업장, 의무 교육, 미성년자에게 담배 파는 어른, 담배 값 인상, 사유 재산, 사춘기, 어른의 도리, 학교 교육의 방향과 가치 등등.

만약 당신이 이 아이를 교육시켜야 하는 입장이라면 어떻게 하고 싶은가? 제일 먼저 어떤 점을 거론하겠는가? 싸가지 없는 언행을 문제 삼을까? 담배 핀 행위를 혼낼까? 학교의 규칙과 학생의 자세를 훈계할까? 학교에 아무런 미련도 두지 못한 어떤 사정에 초점을 둘까? 부모와의 관계와 가정 상황을 들어보자고 할까? 아니면 바로 싸대기를 한 대 날려줄까?

이 이야기를 읽은 당신은 잠시 답답했을지도 모른다. 그랬다면 좀 시간을 가진 뒤에, 허탈 웃음과 분노와 탄식이 어느 정도 가라앉아 당신의 가슴이 고요해질 때 물어보라.

나는 무엇이 답답한가?

돌아보는 배려와 봉사

학생들이 자기소개서를 가지고 왔다.

자기소개서에는 봉사 활동을 적는 칸이 있다. 봉사 활동은 '자신의 소속 집단뿐 아니라 주변 사람이나 집단까지 배려하는 나눌 줄 아는 사람임을 보여주는' 것으로, 활동 내용의 난이도보다는 활동의 지속성을 더 중요하게 평가한다. 어쩌다 한 번 폼 나는 봉사활동을 하는 것보다 비록 작은 일일지라도 이삼년 꾸준히 한 학생이 진정한 봉사심을 가지고 있다고 본다.

학생들의 봉사 활동은 주로 어려운 형편에 놓여 있는 분들을 돕거나 캠페인 활동, 일손 돕기 등이 대부분이다. 농가의 양파 수확을 돕거나 헌혈의 집에서 안내 봉사 활동을 하기도 하고, 어린 아이들이 있는 양육원에 가서 놀아주고 공부를 가르치기, 재활원을 방문해 몸이 불편한 분들의 식사 수발을 돕거나 청소를 하고 온다. 이런 대외 봉사활동을 하지 못하는 학생들은 교통질서 지키기 캠페인에 참가하기도 하고, 학교 인근 청소를 하는 것으로 봉사 시간을 확보한다. 방학 때 청소하러 학교에 간 경험이 다들 있을 것이다. 이런 청소 시간도 요즘은 다 봉사시간으로 인정해 준다.

한 학생은 2년 동안 자기 부모님과 비슷한 연령대의 정신지체 환자들을 꾸준히 찾아가 도와준 사례를 들어 '식구들의 가슴속 외로움, 공허감을 조금이나마 덜어주고 싶어 그들의 말동무가 되어 주고, 양치, 식사 등 혼자 하기 힘든 일들을 도와 드렸다'고 적어놓았다. 글 속의 '식구'라는 칭호가 아주 따스했다.

"왜 봉사 활동을 하니?"

"진학에 필요하니까요."

"만약 자기소개서에 봉사 활동란이 없거나 봉사활동 시간을 확인하지 않는다면 그때도 봉사를 할 거 같니?"

"그건 아닐 거 같아요."

나도 참, 당연한 걸 묻고 있다. 그래도 또 궁금하다.

"봉사 활동해 보니 어때?"

대부분의 학생들은 시작한 계기와 상관없이 봉사 활동이 자신의 삶을 돌아보는 계기가 되었다고 말한다. 공부 못하고, 돈도 없고, 할 줄 아는 것도 별로 없다고 생각했는데 누군가에게 보탬이 될 수 있고, 몰라서 가진 편견을 버릴 수 있었다고 한다.

무엇보다 자신이 생각보다 많은 것을 가지고 있음을 깨닫고 감사한 마음이 들었다고 한다.

"참 괜찮은 봉사 활동이네."

그때 또 다른 학생이 소개서를 가지고 왔다. 봉사 활동란에는 방송반 동아리 활동에서 후배들을 웃음으로 대하고, 편하게 해 주었다고 적혀 있었다. 아주 그렇고 그런 평이한 문구다.

"너는 어떤 프로듀서니?"

하고 물었다. 스스로 카리스마 있는 선배란다. 개인 동호회가 아닌 학교 행사를 담당하는 방송반이라 자기 역할을 책임감 있게 해내지 않으면 큰 방송 사고가 날 수 있어 후배들이 담당 역할을 확실하게 할 수 있도록 제법 강도 있게 훈련을 시킨다고 했다.

"그런데 왜 후배들을 웃음으로 편하게 해 준다고 적었어?"

"배려하는 거를 적으려고 그랬지요."

"그럼 지금처럼 카리스마 있게 지도했다고 하면 되지."

"하지만 그건 배려라고 볼 수 없잖아요."

그 말을 듣고 학생들 사이에서 자연스럽게 '무엇이 배려인가'에 대해 작은 토론이 벌어졌다. 토론 끝에 단순히 웃음으로 대하거나 처지를 고려해주는 것보다 자신의 역할을 잘 할수 있게 도와주고, 자존감을 느끼도록 하는 것이 배려라는 결론이 나왔다.

"내가 잘 한다고 해서 그 사람이 할 수 있는 일을 대신 해주는 것이 봉사가 아니거든요."

재활원 봉사를 꾸준히 다닌 학생이 말했다. 나는 갑자기 기분이 좋아졌다.

"정말 좋은 얘기다. 내가 너희들 자소서 바로 안 고쳐주고 계속 고쳐오도록 시키는 것도 다 그런 의미야"

하고 너스레를 떨자

"선생님, 이제 보니 저도 충분히 배려와 봉사를 하고 있는 거 같아요. 후배들이 스스로 할 수 있게 엄하게 가르치고 있으니 말이에요."

방송반 학생이 맞장구를 쳤다.

자신의 앞길만 봐도 벅찰 아이들이 주변을 돌아보고 손을 내밀며 커 가는 모습을 보니 에구, 자소서 봐준다고 쉬지 못한 오늘 하루, 하나도 힘 안 든다, 얘들아!

오지랖 넓은 공부

"샘, 쟤 진짜 폭탄이에요. 깨우지 마세요."

주변 학생들이 말렸다. 폭탄이라 불리는 그 학생은 복장도 얼룩덜룩한 특수부대 무늬다. 새 학년 첫 시간, 학생은 머리끝까지 옷을 뒤집어쓴 채 조그마한 틈도 보여주지 않는다. 겨우 옷을 들추어 눈빛을 마주친 나에게 아이는 단호하게 말했다.

"저는 공부 필요 없는데요."

그래, 얼굴 봤으니 됐다.

다음 시간에도 똑같은 포즈다. 자는지 그냥 엎드린 건지 미동도 하지 않는다. 다행인 것은 저번 시간의 약속대로 교과서는 준비해 놓고 잔다. 인사하려고 옷을 들추며 손을 집어넣었다. 알맞게 살진 손이 어둠 속에서 내 손과 만난다. 생각보다 따스하고 부드러운 손이다. 당장 뿌리칠 줄 알았는데 그냥 가만히 있다. 고맙구나. 담임선생님의 말씀에 따르면 그 아이는 매일 아르바이트를 하고 밤새도록 춤을 춘단다. 방송 오디션에도 나갔고, 춤 실력도 아주 뛰어나다고. 중학교 때부터 공부보다는 춤에서 기쁨을 느껴 밤새도록 춤을 추니 학교에 오면 내내 잠을 잘 수밖에 없었다. 수업 시간에 깨우려고 하면 마치 털 뽑힌 사자처럼 거세게 덤벼들어 선생님들이 모두 고개를 절레절레 흔들었다. 점심시간에 처음 얼굴을 제대로 보았다. 뽀얀 살빛에 제법 잘 생긴 미남형이었다.

수업 시간 내내 엎드리는 학생들은 크게 생계형 아르바이트, 직업 준비형, 방탕 생활형으로 나눌 수 있다. 모두 밤을 낮처럼 힘들게 사는 아이들이다. 학교 교육은 본질적으로 전체 학생에게 균일한 지식을 전수하는 것을 우선하기 때문에 이와 같은 '공부 이방인'에게 인색한 편이다.

그러다 보니 밤낮이 바뀐 아이들은 아예 '예의 없고 대책 없는 아이'로 자신을 위장하고 '공부 안 해도 되는 아이'로 자기방어식 선긋기를 한다. 하지만 가정 형편이 어려워 밤새 갈빗집에서 일하는 아이, 밤에만 춤을 출 수 있는 아이의 사정을 알고 나면 그들의 고단한 잠이 안타깝기만 하다.

공부는 스스로 살아갈 능력을 키우고, 공동체 속에서 더불어 살아가는 법을 배우는 과정이자 자신이 정말 소중한 존재임을 깨닫는 활동이다. 그런 면에서 이들도 '공부'를 하고 있다. 다만 자신의 공부도 소중하고 아름다운 것임을 제대로 인정받지 못하여 스스로를 이방인으로 규정짓는 것이 문제다.

"아직 수업 시간에는 자는데 조·종례 시간에는 깨서 잘 웃어요."

'낮잠 밤춤'의 제자를 둔 담임선생님이 전하는 말이다. 그 아이의 선택을 이해하고 격려해주고 다른 선생님들의 배려까지 모아주는 담임선생님 마음을 저도 아는 것 같다. '공부는 여러 갈래가 있다'는 것을 인정하는 것은 교사와 담임의 보이지 않는 수고를 전제로 한다.

잠이 와서 자고, 잠이 오지 않아도 공부와 상관없다는 생각으로 다시 잠을 자던 아이들이 선생님들의 배려와 인정으로 조금씩 잠을 깨고 있다. 그 아이들이 자신의 공부를 소중한 것으로 인정받을 때 자신에 대한 자긍심을 가지게 되고, 학교 공부에 대한 경계심까지 조금씩 허물게 될 것이다. 공부의 오지랖은 점점 더 넓어지고 있다.

그러고 나서 칠월쯤이었을까.
나랑 제법 눈을 마주친 춤꾼 아이가 수업이 끝나자 교탁 옆으로 다가온다.
"샘, 이 포도 이거 괜찮아요?"

"무슨 말?"

"아니, 포도가 약간 상한 거 같아서요."

별 문제가 없어 보이는 포도를 가지고 와서 얘가 왜 이러지.

"그럼, 샘이 드셔 보세요."

얼떨떨한 마음으로 포도 한 알을 집어 입에 넣었다. 달콤하고 상큼함이 입안에 퍼진다.

"괜찮아, 맛있다 야."

"그럼 샘, 더 드세요."

하며 가져온 포도의 절반을 내 손에 얹어 놓는다. 아, 네가 나한테 포도를 주고 싶었구나. 돌아서 가는 아이의 등을 보며 혼자 웃었다.

공평과 책임

    수업 중 학생 두 명이 싸웠다.

    먼저 큰 소리가 나고 어느 누구랄 것도 없이 몸이 스프링처럼 튀어 오르고, 욕설과 함께 책상이 뒤로 밀쳐졌다. 교사가 깜짝 놀라 먼저 시비를 건 아이를 몸으로 제지하며 손목을 그러쥐었다. 아이가 두 손으로 의자를 집어 올리려 했기 때문이다.(이 학생을 가군이라 하자.) 다행히 더 이상의 몸싸움은 없었지만 흥분한 두 학생은 만류에도 쉽게 진정되지 않았고, 결국 그들은 각각 다른 장소에 격리되었다.

    더 많이 흥분해 있는 가군을 데리고 나는 학생부실로 갔다. 학생부 선생님들을 보자 갑자기 가군이 탁자 위에 있는 칼을 휙 거머쥐었다. 너무 놀라 칼 쥔 손을 붙잡고 조심스럽게 칼을 빼앗았다. 생각보다 손에는 별 힘이 없었고, 학생은 쉽게 칼을 건넸다. 진짜 해보자는 것이 아니라 시위를 하고 있다는 느낌이

들었다. 학생부 선생님들은 가군의 어깨를 두들기며 감정을 풀어주었다. 교실로 돌아온 나는 마음이 착잡했다. 나중에 들어보니 이런 식으로 칼을 쥐는 게 가군의 반복된 행동이었다. 나에게 보여준 행동처럼 칼을 꽉 쥐지는 않는, 일종의 시위인 것이다.

수업 시간에 학생들이 싸운다는 것은 교사의 수치다.

교사가 학생을 제대로 장악(?)하지 못해 일어난 일 같기 때문이다. 내가 봤을 때 싸움의 일차 원인은 가군이다. 가군이 다른 친구의 말을 자신에 대한 험담으로 오해하여 큰 소리로 화를 내고 아주 심한 패드립(패륜적 드립이란 말로 부모나 조상을 비하하는 말)을 했기 때문이다. 욕 중에서도 가장 심한 것이 패드립인데, 이 욕은 멀쩡하던 아이들도 확 돌게 하는 무서운 기운을 가지고 있다. 가군은 분노조절 장애라는 병을 앓고 있고, 이전에도 이런 상황이 몇 번 있었다. 그것을 알기에 수업 시간마다 관찰을 하고 조심을 하였는데 이런 일이 일어난 것이다.

일주일 후 또 싸움이 일어났다. 가군이 또 다른 학생과 시비가 붙어 큰소리, 벌떡 일어서기, 욕설, 의자 움켜쥐기의 상황이 그대로 반복되었다. 동일한 상황이 일주일 만에 다시 발생해 나로서는 정신이 나갈 정도였다. 지난 주 그 일이 있고 나서 가군은 정식으로 내게 와서 사과를 했다.

"샘, 저도 정말 열심히 노력하고 있어요."라며 자신의 처지를 고백한 가군은 이후 별 문제없이 학교생활을 유지하고 있었기 때문이다. 그런데 또 같은 상황이 벌어지다니.

상황을 바라보자. 무엇이 문제인가? 왜 다른 시간에는 멀쩡했던 학생이(교실이 아닌 컴퓨터실로 이동해서 수업을 하던 중이었다) 갑자기 감정 조절이 안 되었던 것일까? 혹 내가 맘대로 해도 될 것 같이 물렁하게 보였던 말인가? 그동안 좀 잘 해줬더니 나를 만만하게 보는가?

가군을 격려해놓고 함께 싸운 학생에게 앞뒤 정황을 확인했다. 사실 이번에도 가군이 먼저 도발했다는 것을 나도 알고 있었다. 가군이 다른 친구들의 대화에 괜히 끼어들어 욕을 했고 일어섰고, 소리를 질렀다. 원래 그런 애란 걸 잘 알고 있으면서 여전히 그 패턴에 끌려가는 아이들에게 속이 상했다.

"너희들이 좀 참아야지. 왜 너희까지 그러니?"

그러자 아이들이 이구동성 불만이다.

"왜 선생님은 우리에게만 자꾸 참으라고 하세요? 보셨잖아요. 누가 잘못했는지. 정말 우리도 피해자라구요."

그 말은 옳다.

아이들은 가군이 좀 '다른' 아이라는 것을 알고 최대한 양보를 해 주었다. 웬만하면 참아주었다. 하지만 별로 달라지지도 않고, 오히려 더 기고만장해지는 가군의 행동으로 지쳐가는 판국에 패드립까지 나오니 이런 충돌이 일어난 것이다. 따지고 보면 나머지 애들도 참는 게 가장 어려운 십대다.

"그래, 너희들이 참 고생이 많다. 하지만 그렇게 감정을 조절하지 못하면 너희도 위험해. 같이 싸울 순 없잖니?"

"항상 쟤가 먼저 싸움을 걸잖아요."

"그래 알아. 그래도 참을 수 없는 것을 참아야 사람 아니냐?"

하고 달랬다. 그러나 아이들은 여전히 불만스러워했다.

누그러지지 않는 아이들을 보며 나는 무엇이 공평이고 배려인지 고민스러웠다. 가군이 '분노조절장애'라는 병명을 가지게 된 것은 그런 성장 환경에서 자랐기 때문이다. 화가 나면 욕하고 소리를 지르고 물건을 부수는 홀아버지 밑에서 자란 가군은 감정을 드러내는 방법을 제대로 배운 적이 없다. 화나면 욕하고 집어 던지는 것을 그대로 보고 배운 아이가 학교에서 자신의 감정 표현 방법이 범죄시되고 부당한 것이 되는 상황에 반복적으로 놓일 때 그 아이 또한 얼마나 난감했을 것인가? 감정 표출 방법을 그렇게밖에 못 배웠는데, 조심하려고 노력하지만 왈칵 화가 솟구칠 때는 조절할 힘이 없는데….

정서 장애를 가지고 있는 학생은 어쩌면 몸이 아픈 환자라고 볼 수도 있다. 몸이 아픈 사람과 건강한 사람이 싸우면 당연히 아픈 사람 편을 들게 된다. 어렵고 힘든 처지에 있는 사람을 배려하는 것은 인지상정이기 때문이다. 하지만 그런 배려가 오히려 가군의 감정 조절 능력을 퇴화시키고 있는 것이 아닐까 하는 의심이 들었다. 같은 잘못을 하고도 환자라는 면죄부를 줌으로써 행동을 교정할 기회를 없애는 것이 아닐까. 마음의 병을 이해하는 것과는 별도로 행동에 대한 책임을 정확히 묻는 것이 오히려 잘못된 행동을 고치게 하는 처방이 아닐까. 누구라도 어느 한쪽에게 일방적으로 참으라고 요구해서는 안 되는 것이 아닐까. 감정을 다스리고, 상대를 배려하고 행동에 대해 책임을 지는 능력은 모든 사람에게 꼭 필요한 생존 능력이니까 말이다.

나는 다음 수업을 시작하기 전, 교탁에 바로 서서 심호흡을 하였다.

"이제 너희들은 화가 날 때 친구와 싸워도 된다. 참아도 되고, 참지 않아도 된다. 다만 너희가 싸울 때 나는 말리지 않고 제지를 하겠다. 내 지시에 따르지 않으면 자신의 행동에 대해 학칙에 따른 처벌을 받게 될 것이다. 이제 너희들은 자신의 행동을 선택할 만큼 충분히 자랐다. 스스로 잘 판단해서 행동하기를 바란다."

가군이 바른 자세로 앉아 긴장된 얼굴로 나를 쳐다봤다.

"너도 충분히 알겠지? 앞으로 수업 시간에 욕설을 하거나 옳지 못한 행동을 하면 학교 교칙에 맞게 벌점을 받을 것이고 벌점이 쌓이면 그에 맞는 조처를 취할 거야. 누구라도 공평하게 처리하겠다."

가군도 아이들도 조용히 듣고 있었다.

그 이후 가군은 아무 탈 없이 수업에 잘 참여하였고, 책쓰기와 같은 프로젝트 활동에도 완성도 있는 결과물을 제출하였다. 자신을 다른 아이들과 똑같은 학생으로 보고 있으니 그들처럼 행동하는 것 같았다.

떼쓰기와 이치 따지기

학생과 교사의 갈등 접점에는 휴대폰이 존재한다.

휴대폰은 요즘 학생들에게 '분신'이 아니라 '그 자신'이기 때문에 당연히 안 뺏기려고 저항한다. 수업 시간에 휴대폰을 빼앗기는 학생들의 대응단계는 다음과 같다.

먼저 인정에 호소하기.

"잘못했습니다. 다음부터는 절대로 안 만질게요."

하지만 교사와 학생 사이에는 학기 초에 휴대폰에 대한 규칙이 정해져 있기 때문에 이런 호소는 먹히지 않는다.

둘째 모르쇠 작전.

"선생님, 언제 그런 규칙 정했어요? 저는 몰랐는데요."

이때부터는 미묘한 감정의 부딪힘이 발생한다. 그것도 안 통하면 셋째 뻗대기 작전이다.

"왜 제가 그 규칙을 지켜야 해요?"

이때 학생의 목소리는 제법 높아진다. 이 정도가 되면 교사는 갑자기 말문이 막힌다. 매일 밥 먹고 살면서 "왜 내가 밥을 먹어야 하는데?"라고 묻는 어처구니없는 상황이 된 것이다. 이제 교사의 '이치 따지기'로는 해결이 안 된다.

이런 상황에서 교사들이 가장 주의해야 할 것은 감정적 대응이다. 괜히 휴대폰 이외의 다른 행동을 빌미삼아 싸잡아서 공격해서도 안 되고, 다른 학생과 비교하는 말을 해서도 안 된다. 입에서 비속어가 나와도 안 되고, 행여 육체적 타격을 가해서는 더더욱 안 된다.

고등학생의 몸속에는 7살짜리 떼쟁이, 17살짜리 사춘기, 27살의 철든 어른이 함께 살면서 수시로 번갈아 나온다. 교사가 절대 불러내서는 안 되는 것이 17살짜리다. 17살은 '나도 내가 무서워' 인간으로, 대뇌의 변연계(파충류의 뇌라 불리는 변연계는 생존의 위협을 느낄 때 작동하는 것으로, 조벽 교수는 이를 '빨간 신호등'이라 부른다)가 작동할 때 나오는 막가파이다. 대뇌의 변연계가 작동할 때는 교사가 무조건 참고 한발 물러서서 목소리를 낮추어야 한다. 하지만 그보다 '핸드폰을 빼앗기기 싫은' 학생의 감정을 이해하려는 마음을 내야 한다. 그러면 교사의 감정은 바로 진정되고, 차근차근 대응할 여유가 생기며, 문제 상황에서 주도적으로 빠져나올 수 있다.

만약 수업 중이라면 뺏은 핸드폰을 교탁에 얹어두고 "수업 시간이니 조금 있다가 이야기하자."라며 잠시 감정을 가라앉게 하는 것이 좋다. 그래도 뻗대면 조금 센 공격법으로 "얘들아, 학기 초에 핸드폰 만지면 어떻게 한다고 말한 거 기억하지? 그래서 내가 폰을 맡아놓을 거야."라며 전체 학생들에게 차분하게 설명을 한다. 교사와의 일대 일 대결에서 갑자기 학급 친구들과 대결해야 되는 상황으로 바뀌면 대부분 더 이상 대들지 않고 물러선다.

상황이 종료되어 학생이 자숙 시간을 가질 때 교사도 성찰의 시간을 가진다. 생각해 보면 학생들은 '충분히' 그럴 수 있다. 그 나이의 아이가 위기상황에서 이성적으로 판단하고, 상대방의 말을 경청하고, 고분고분하게 규범을 따르기를 바라는 것 자체가 무리한 희망이다.

'학생들이 그러할 수 있다.'는 데까지 마음이 이르면 교사는 아이를 혼내는 것이 아니라 가르칠 수 있게 된다. 그 가르침은 일방적인 훈계나 설득이 아니라 경청과 대화로 이루어진다. 그러면서 교사와 학생은 서로가 알게 된다. 말은 이기기 위해서 내뱉는 것이 아니라 통하기 위해서 주고받는 것임을. 떼쓰기와 이치 따지기만으로는 문제 해결이 안 된다는 것을.

이제 7살짜리 떼쟁이와 17살짜리 막가파 대신 의젓한 고등학생이 앞에 앉아 있다. 학생 앞에는 이치와 규칙만 따지던 교사가 아닌 공감하고 경청하는 선생님이 앉아 있다. 우리는 이러고 산다.

틈에서 자라는 아이들

휠휠 뛰어다니는 우리 학교 남학생들도 아침이면 웅크리고 다니는 계절이 되었다. 교실마다 창문이 꼭꼭 닫히고 교실문에는 협박성 문구나 회유성 문구가 붙는다. '문 닫아라!'가 전자라면 '당신도 문을 닫을 수 있습니다.'는 후자에 속한다. 바늘구멍으로 황소바람 들어온다는 속담처럼 조그마한 틈도 일제 단속의 대상이다. 바람이 새어 들어오는 교실 창문 틈을 메우다 문득 예전 일이 생각났다.

모범생인 K군이 교무실에 왔다. 배탈이 났는지 몹시 괴로워했다. 약을 먹고 누워 쉬든지 병원에 가야 할 정도로 보였다. 걱정이 되어 조퇴를 권했더니 학생이 교무실 구석에 서서 집에 전화를 건다. 통화가 끝나 "조퇴할래?"라고 물었더니 학생의 입에서 의외의 말이 나왔다.

"엄마가 수업 끝내고 오래요. 선생님, 저 그냥 참을게요."

"많이 아픈 것 같은데?"

"그래도 엄마가… 교실에 가서 엎드려 있을게요."

그날 K군은 점심도 안 먹고 내내 책상에 엎드려 있다가 정규 수업을 마치고 집으로 돌아갔다. K군의 출석부에는 아무런 표시도 남지 않았다. 물론 참을 만하니 그랬을 거라고 생각한다. 하지만 신체에 대한 자기결정권마저 엄마에게 허락을 구하는 고등학생을 보니 씁쓸했다. 그 학생의 등 뒤에 엄마가 착 달라붙어 있는 환영마저 느껴졌다.

아이의 성장은 엄마의 품으로부터 떨어져 나오는 과정이다. 젖을 먹다가 음식물을 먹고 나중에는 부모 없이도 끼니를 해결할 수 있는 것처럼 생각이나 감정도 부모로부터 한 발짝씩 떨어져 나와야만 아이들은 어른이 된다. 그런데 아이는 스스로 틈을 만들기가 어렵다. 결국 거리는 부모가 조금씩 내주어야 하는 것이다. 부모가 자발적 틈새를 만들어 주어야 그 틈새에서 아이는 도전하고 실패하고 다시 일어서는 성장을 하게 된다. 지나치게 넓지 않은 틈, 꼭 건너뛰어야 할 크레바스 같은 틈으로 아이는 단단한 삶의 주인이 된다.

수업도 마찬가지다. 교사가 모든 것을 가르쳐주는 것이 능사가 아니다. 수석교사가 되어 신참 선생님의 수업을 참관하다 보면 공통적으로 드는 생각이 '선생님들이 참 잘 가르친다.'는 것이다. 그러나 교사가 너무 잘 가르쳐주면 학생들은 오로지 교사의 입과 손만 바라본다. 학생 스스로 낯선 문제를 두고 낑낑거리며 풀거나 주어진 과제에 대해 모둠별로 머리를 맞대고 해결하는 과정이 별로 없다. 잘 차려진 밥상에 숟가락을 들고 퍼먹기만 하는 수동적 배움만 남게 된다. 그래서 경력 있는 교사들은 일부러 설명을 생략하기도 하고, 학생들에게 문제를 던져주는 수업을 많이 한다. 매끄럽게 제시하지 않고 거칠게 주되, 대신 기다려준다.

틈은 동질성이 끊어지는 공간이다. 이질적인 것과 접속하는 장소이고, 낯선 세계로 뛰어들어야 하는 위험한 지점이다. 아이들은 이 틈에서 성장한다. 아이들이 틈 앞에서 용기를 가지고 건널 수 있도록 부모와 교사는 호밀밭의 파수꾼처럼 먼발치에서 지켜봐 주면 된다. 이렇게 생각하다 보니 바람 한 가닥 들어오는 작은 틈새가 새삼 숨구멍처럼 느껴진다.

깃털을 다듬는 송골매처럼

나의 제자 준석아, 너의 졸업을 축하하며 편지를 쓴다.

너를 만난 것은 2학년 국어 수업 시간이었지. 네가 속한 전기과는 놀랄 만큼 학습 열의가 높고, 서로를 격려하며 함께 공부하려는 분위기가 좋은, 참 멋진 반이었지. 너는 2학기가 되어서야 눈에 띄었단다. 아마 취업을 하겠다고 맘을 먹은 시점이었지. 똑똑한 전기과 학생들 틈에서 내신도 그리 좋지 않던 네 존재감이 조금씩 드러나기 시작했지. '내 생애 최고의 날' 프로젝트 수업과 해외연수 프로그램에 참여하면서 너는 대기업 취업을 목표로 정하고, 자기소개서 작성과 자격증 취득, 내신 성적 향상이라는 세 마리 토끼를 잡기 위해 누구보다 열심히 공부하기 시작했어.

너는 그리 날렵하진 않았어. 하지만 배운 것을 무조건 암기하는 게 아니라 자신의 언어로 철저하게 이해하고, 몸에 익힐 때까지 반복하고 점검하는 노력파였지. 늦게 시작한 만큼 촌각을 아끼며 공부했고, 그만큼 성적도 향상되었지. 자기소개서를 쓸 때는 혼자 끙끙거리며 밤을 새워 문장을 만들고, 요령으로 위기를 넘기기보다는 몸으로 부딪혀 체득하며 자신만의 방법을 하나하나 만들어냈지. 그런 과정을 거치며 '글 쓰는 데는 젬병'이었던 네가 주변 친구들에게 글 쓰는 방법을 가르쳐주는 아이로 바뀌었지.

그러나 너의 취업 도전은 실패의 연속이었다. 내신 공부, 자격증, 인적성 시험, 전공 시험, 자기소개서와 면접을 함께 준비하면서 참 여러 번의 실패를 맛보았지.

취업에 일곱 번째 떨어진 날, 네가 찾아와서 낮은 소리로 말했지.

"선생님, 너무 힘들어요. 공부도 안 되고, 집중이 전혀 안 돼요. 결국 성적순으로 합격하는 것 같아요. 저는 너무 늦었거나 너무 바보인 거 같아요."

나는 네가 얼마나 열심히 노력하는지, 얼마나 강렬하게 취업을 갈망하는지 알기 때문에 무어라 위로하기조차 힘들었어. 여섯 번은커녕 세 번도 떨어져 본 적 없는 쉬운 인생을 살아온 내가 너의 그 마음을 어찌 다 이해하겠니? 오히려 인생을 어떻게 살아야 하는지 가르쳐주는 네가 내 스승이었다.

"꽃들마다 피어나는 봄이 제각각이듯, 너의 꿈이 피어날 봄 또한 그들과 다를 뿐이야."

나는 이 말밖에 할 수 없었어.

네 졸업을 축하하기 위해 차갑기만 하던 하늘도 따스한 햇살을 보내는구나. 이제 봄을 이야기해도 될 듯하구나. 준석아, 지금 당장 취업이 안 되었다고 기죽지 마. 큰 물고기는 좁은 연못에서 자신의 몸을 키우지 않고, 송골매는 방안에서 날개를 펴지 않는단다. 더 넓은 세상을 날기 위해 깃털을 다듬는 송골매가 바로 너라는 것을 잊지 마. 네가 저 하늘의 주인이라는 사실을 기억해. 네가 날아오를 수 있는 더 큰 세상을 위해 시간은 너에게 기회를 주고 있다는 것을 잊지 마.

멋진 제자, 준석아. 이제 대학생이 되었으니 더 자유롭고 크게 날아오르길 바란다. 언제나 너를 응원한다. 졸업 축하해. ^^

취업준비, 다 되었습니다

특성화고 3학년들이 대거 취업에 들어가는 계절이다. 인문계 고등학생들이 입시를 준비하는 것처럼 취업을 위해 실습을 하고, 방과 후 수업으로 자격증을 따며 3년간의 피땀 어린 눈물이 결실을 거두는 계절이다.

"아, 공부하기 싫어서 특성화고에 왔는데 여기도 공부를 이렇게 해야 한다니."

1학년 아이들이 자주 하는 소리다.

"저는 빨리 취직해서 우리 가족의 생계를 해결해야 해요."

인문계 가고도 남을 성적의 아이들이 특성화고에 오는 이유는 대부분 경제 사정 때문이다. 그런 아이들일수록 정말 열심히 공부해 자격증을 따고 면접을 준비한다. 절박함이 강한 인내와 성실성, 책임감을 만든 것이리라.

특성화고에 처음 근무를 시작했을 때 나는 자주 속이 상했다. 아이들에 대한 사회적 편견이 너무 많아서, 이들이 사회에 나가 제대로 대접을 받지 못하는 현실이 속상했다. 인문계 교사로 있을 때 나도 그런 편견을 가진 한 사람이었으니 할 말은 없다. 하지만 세상이 멈추지 않고 문제없이 굴러가는 게 다 누구 덕분인가? 기계가 돌고 전기가 흐르고, 도로를 닦고 공장에서 물건을 생산하는 사람이 없다면 우리가 어떻게 살아갈 수 있단 말인가? 머리 쓰는 자들이 몸 쓰는 이들에 비해 지나치게 대우받는 현실이 특성화고에 와서야 제대로 보였던 것이다.

"너희들은 정말 중요한 일을 하는 사람이야. 그걸 잊지 마."

라고 말하면서도 그렇게 대우하지 않는 세상이 속상했다.

가르친 학생들이 자신의 희망과 적성에 맞는 기업에 취업하는 것은 교사로서도 가슴 벅찬 일이다. 그래서 여름 방학 동안 취업을 위해 집중적으로 직장 예절과 정신 무장, 기본 실무 능력을 가르친다.

"힘들 것이다. 부당한 일도 있을 것이다. 하지만 그 어려움을 이겨내고 꼭 필요한 일꾼이 되어야 네가 자리를 잡는 것이다. 그러니 열 번 참고 스무 번 공손하고 백 번 더 열심히 해라."

고치를 뚫고 나오는 인고의 시간을 견뎌내야 비로소 나비로 날아오를 수 있음을 알기에 당부 또 당부를 한다. 이때 교사는 부모와 한마음이다. 그럼에도 취업을 나갔다가 다시 복교하는 학생이 있다. 돌아오는 학생들은 생각보다 열악한 근로 환경이나 부당하고 강압적인 상하 관계를 참을 수 없었다고 한다. 이런 학생들을 보고 누구는 요새 애들은 너무 편하게 살아서 고생을 모른다고 한탄을 하고 누군가는 이렇게 꾸중을 하기도 한다.

"세상의 어떤 일자리가 입맛에 달기만 하겠니? 처음에는 실수하고 혼나고 그러면서 일을 익히고 기술을 배우는 것이지."

요즘 아이들이 약해 빠졌다는 어른들의 걱정이 다 틀린 것은 아니다. 그들은 기성세대에 비해 풍족한 환경에서 귀하게 대접받으며 자란 탓에 자기중심적이고 매사에 참을성이 부족해 보인다. 하지만 그렇다고 해서 '우리 땐 말이야'라는 단순 비교로 이들을 비판하는 것은 옳지 않다.

돌이켜 보자. 산업화 초기 얼마나 많은 노동자들이 말도 안되는 열악한 노동 조건에서 인격적으로 부당한 대우를 받고, 수시로 착취당하였던가. 가족을 위해 혹은 자신의 생계를 위해 그 모든 힘듦을 견디며, 비굴할 만큼 자신을 억눌렀던 그들. 그것은 그 시대의 모습이지만 절대 바람직한 것이 아니다. 한 세기전 '노동자의 무조건적 인내'를 요즘 학생들에게 요구해서는 안된다.

취업하는 학생이나 부모들이 요구하는 것은 인간적인 노동 환경이다. 특성화고 3년간 배운 기술로 처음부터 엄청난 월급을 요구하는 것이 아니다. 단지 깨끗하고 안전한 노동 환경, 욕설이나 막무가내가 아니라 타당한 주문과 설득, 경청하고 존중하는 인간관계를 원할 뿐이다. 학생들도 다 철이 들었다. 기초적인 것은 뭐든 배우려 하고, 예절바른 신참, 부지런하고 활기찬 동료가 되려고 한다. 솔직히 이 정도면 충분히 취업할 준비가 되었다고 볼 수 있지 않는가?

모든 직업은 하늘이 내린 소중한 것이며, 지위고하를 막론하고 귀하게 대접받아야 한다. 2만 불의 국민 소득과 세계 10위권의 경제 규모를 가진 선진 대한민국이라면 그에 맞는 노동 환경이 갖추어져야 한다. 이 아이들은 앞으로 대한민국을 이끌어나갈 동량이고, 우리 사회를 발전시킬 당당한 시민들이다. 그들이 가는 취업의 첫 문, 좀 더 따스하고 인간적으로 만들어주는 것은 우리 기성세대의 몫이다. 무조건 참으라 하지 말고 기성세대가 더 매서운 눈으로 감시하고 비판하고 고쳐나가야 한다. 학생들은 취업할 준비가 다 되어 있다.

나에 대한 선입견 깨기

선입견이란 어떤 사람이나 사물 또는 주의나 주장에 대하여, 직접 경험하지 않은 상태에서 미리 마음속에 굳어진 견해를 말한다. 선입견은 넓은 의미에서 인식의 틀이다. 선입견은 대상을 판단하는 나름의 기준이 되기도 하지만 대상에 대한 바른 인식을 방해하는 역할도 한다. 이미 굳은 생각으로 세상을 보니 변화하는 대상을 알아차리지 못하고, 열린 마음이나 의사소통 또한 힘들어진다.

그러한 선입견 중에 제일 고약한 것이 '자신'에 대한 선입견이다. '나는 이러한 사람'이라는 선입견 때문에 사람들은 자신이 매시간 변하고 있으며, 관계 속에서 성장하고 있음을 보지 못한다.

이런 문제 때문에 '나에 대한 선입견 깨기'라는 수업을 해 보았다. A4용지를 가로로 절반을 접는다. 첫 장에 '나에 대한 선입견 깨기'라는 제목을 적고 둘째 장에는 동그라미를 그려 자기 이름을 적은 후 자신에 대해 떠오르는 생각 10개를 적는다. 자신에 대한 것은 무엇이든 적게 한다. 예를 들면 '잘 생겼다. 덜렁댄다. 책을 좋아한다.'처럼 짧은 문장으로 적고 장점과 단점으로 나누어 보게 한다. 무심결에 자신을 어떻게 바라보고 있는지 스스로 알아차리도록 하기 위함이다.

그 다음에 잠시 학생들에게 펜을 놓게 하고 교사가 묻는다.
"이 휴대폰으로 할 수 있는 일은 어떤 것이 있을까?"
학생들은 아주 편하게 다양한 답을 한다.
"게임, 메일, 음악, 문자, 사진요."
그러자 한 아이가 "야동"이라 외쳐 좋아라 함께 웃는다.
"휴대폰이 가지고 있는 내부적 기능 말고 이 물건으로 할 수 있는 것을 생각해 보자."
이제는 색다른 의견을 말한다. 제기차기, 야구, 공격 무기, 라면 냄비받침 등 그러다 "물수제비요."라는 말에 모두들 감탄의 박수를 보냈다.
그렇구나, 휴대폰은 그냥 휴대폰인 줄 알았는데 다른 관점으로 보니 정말 다양하게 쓰일 수 있구나.
"이제는 자신의 장점만 적는 거야. 20개를 채워야 해."
학생들에게 나누어준 종이의 세 번째 면에 자신의 장점 20가지를 적게 한다. 중요한 것은 오로지 장점만 적어야 한다. 하지만 장점 20가지를 채우기가 쉽지 않나 보다. 그럼 다시 보충을 해 준다.

"단점을 장점으로 바꾸어 적어 봐. 세상에 단점이란 애초에 없어. 보는 관점을 달리 하면 모든 것이 장점이 되지. 너희들은 자신이 부족하고 단점 투성이라고 생각해서 자꾸 바꾸려고 하지만 너희의 모든 것은 다 장점이고 완전한 상태야."

그러자 학생들은

"기억력이 좋지 않아 나쁜 일은 쉽게 잊어버린다."

"발가락 사이가 벌어져 있어 무좀이 생기지 않는다."

"성격이 급해 남들보다 어떤 일을 빨리 끝내는 편이다."

"소심해서 자전거 사고가 나지 않는다."

"아침마다 지각을 해서 다른 학생이 보지 못하는 세상을 보며 온다."

아이들은 킬킬거리며 적는다. 그래도 못 채운 학생들에게 또 다른 팁을 준다.

"당연하다고 생각한 것을 장점으로 적어 봐."

그랬더니 정말 다양한 장점이 술술 나온다.

"사지가 멀쩡하다."

"가족이 있다."

"고등학생이다."

20개를 채우고 30개를 넘긴 아이들도 나온다. 다들 신이 나서 장점을 적는다.

수업 후 학생들의 소감을 보자.

"이렇게 나에 대해 적어보니 내가 멋진 놈인 것을 깨달았고, 다양한 방면에 소질이 있음을 알게 되었다."

"선입견을 깨보니 그동안 안 좋아했던 것들도 좋아지게 되었다."

"내가 단점이 적고 미래가 밝은 사람이라고 느꼈다."

선입견 깨기는 단점을 개선하는 것과는 전혀 다른 차원이다. 관점을 바꾸면 인식의 틀이 달라지고 세상과 자신의 모습이 다르게 보인다. 그리하여 자신이 많은 장점을 가지고 있는, 세상에서 가장 소중한 존재라는 것을 스스로 느끼게 된다.

논리를 이기는 힘

아이든 어른이든 다툴 때 보면 화법이 유사하다. 다투는 사람들의 말은 대부분 주장만 있고 근거가 없다. 각자 자신의 생각을 말할 뿐 왜 그렇게 생각하는지 왜 그런 감정이 들었는지를 말하지 않는다. 그래 놓고 마음을 몰라준다며 이해를 못한다느니 서운해 하거나 목소리를 높이는 경우가 많다. 그런 분들에게 소개하고 싶은 논리적인 말하기 기술이 있다.

오시마 도모히데가 쓴 『논리적으로 말하는 기술』이라는 책을 보면 PREP(프렙) 기법이 나온다. 프렙 기법은 간단하다. 주장-이유-사례-강조 순으로 말하면 된다. 예를 들어보자.

아이가 하루는 엄마에게 이렇게 말한다.
"엄마, 내 짝 너무 싫어."
엄마는 깜짝 놀라 이유를 묻는다.

"내 짝이 나를 계속 괴롭혀."

이쯤 되면 엄마의 가슴은 뛰기 시작한다. 그렇다고 이 정도 말을 듣고 무조건 아이 편을 들기는 성급하다고 생각한다. 앞뒤 정황을 좀 더 알아야 도움을 줄 수 있기 때문에 한 번 더 묻는다.

"어떤 식으로 괴롭혀?"

"저번 월요일에 막 뛰어오다가 나한테 물을 팍 엎질렀어."

엄마의 반응이 약간 미지근하다.

"뛰어오다가 쏟은 거야?"

아이는 자신의 말이 제대로 안 먹히는 것을 직감적으로 알고 다시 말한다.

"화요일에는 내 볼펜을 허락도 없이 막 가져가서 썼어. 내가 아끼는 건데. 그리고 오늘은 일부러 자기 쓰레기를 내 책상 밑으로 밀어 넣었어. 그래서 나만 선생님한테 혼났어."

엄마는 아이의 말에 비로소 공감을 하게 된다. 엄마의 표정을 확인한 아이는 울음을 터트린다.

"나 힘들어, 싫어."

이 상황을 프렙(PREP) 단계로 구분해 보자. '짝이 싫어'는 주장(Point)이다. 그러나 주장만으로는 청자의 동조를 얻기 어렵다. 주장에는 항상 타당한 이유(Reason)가 있어야 하기 때문이다. 아이가 짝이 싫다고 주장하는 이유는 '나를 괴롭혀서'이다.

하지만 '괴롭힌다.'는 추상적 근거만으로는 모자란다. 구체성이 있어야 한다. 그래서 아이는 볼펜과 쓰레기를 말했고, 이 말 덕분에 엄마는 그때 그 장소에 있는 아이의 처지와 자신을 동일시하게 된다. 상대의 감정이 내 쪽으로 기울었다 싶을 때 한 번 더 쐐기를 박는 것이 강조(Point)다. 강조는 처음의 주장을 약간 변형한 상태로 좀 더 감정에 호소하는 말하기라 보면 된다. 그런데 우리는 배우지 않고도 이런 단계로 말하고 산다.

"샘, 저 오늘 야자 못할 거 같아요."
"왜?"
"몸이 너무 안 좋아요."
"어디가 안 좋아?"
"점심 때 먹은 게 체했나 봐요. 명치 부분이 꽉 막힌 것처럼 답답하고 수업 시간에는 식은땀이 막 났어요. 머리도 아파서 도저히 집중을 할 수가 없어요."
"그래?"
"샘, 오늘은 집에 가서 좀 쉬고, 내일부터 야자 열심히 할게요. 오늘은 그냥 가면 안 될까요?"
"그래라."

학생은 프렙을 알고 말하는 것은 아니다. 선생님도 그에 맞춰 질문한 것도 아니다. 그런 면에서 프렙이 있고 대화가 있는 것

68

이 아니라 일상적 대화 속에서 상대를 설득시킬 수 있는 단계를 가장 심플하게 정리한 것이 프렙이라 보면 된다.

나는 학생들이 자기소개서를 쓸 때 프렙을 가르친다. 프렙의 4단계 중 진짜 중요한 것은 사례(Example)이다. 구체적 사례는 듣는 사람에게 상대의 경우와 동일시를 일으켜 공감과 인정을 부르는 강력한 힘을 가지고 있다. 왜냐하면 사람은 머리로 설득되는 것이 아니라 가슴으로 설득되기 때문이다.

학생들이 가져오는 자기소개서를 보면 주장과 근거만으로 끝나는 경우가 제법 많다. 학습 능력이 뛰어나 책임감과 리더십을 겸비하여, 동아리 활동을 통해 의사소통능력을 키웠다고 주장한다. 그러나 아쉽게도 학습 능력, 책임감, 리더십, 동아리 활동, 의사소통 능력 같은 말은 모두 추상적인 단어이고 일방적인 주장일 뿐이다. 그것을 뒷받침해주는 구체적인 상황과 행동 양태가 함께 나오지 않으면 그냥 '좋은 말 대잔치'일 뿐이다.

구체적 사례가 막강한 힘을 가지고 있는 것은 단순히 이해하기 쉬워서가 아니다. 그 사례가 학생이 직접 삶 속에서 실천하고 행동한 것이기 때문에 힘을 가지는 것이다. 어떤 미사여구도 어떤 막강한 논리도 현실의 작은 실천을 이기지 못한다는 것을 자소서를 지도하면서 매번 느낀다.

참 괜찮은 내 삶

　2학기에 전자기계과 1학년 학생들을 처음 만났다. 요즘은 학기 단위로 교육과정이 적용되기 때문에 2학기에는 아예 다른 학년이나 학반으로 수업 시간표가 바뀌기도 한다. 다짜고짜로 자서전을 쓰자고, 책을 하나 만들자고 했더니 모두들 불만이 많았다.

　글이란 것이 만만하게 쓸 수 있는 것도 아닌데, 무엇보다 글 쓰는 재주로 살아갈 것도 아닌데, 갑자기 20페이지 분량의 책을 쓰라니? 아마 장난처럼 혹은 오기처럼 시작했을 거다. 물론 몇 명은 자신이 하고 싶은 말을 할 수 있어 기대를 했겠지만.

　"가장 관심 있는 부분을 주제로 잡아 자신의 이야기를 쓰는 거야."

　주제를 정해주지 않고 자신이 말하고 싶은 것을 주제로 잡도록 했다. 처음에는 대부분 자신을 드러내는 것이 싫어 게임이나 운동, 음식 같은 것으로 주제를 잡았다. 하지만 원고를 쓰기 시작하면서 주제를 바꾸는 학생들이 제법 나왔다. 이왕 쓰는 거 자신에게 의미 있는 것을 쓰겠다며. 글을 쓴다는 것이 자기를 들여다보는 것이고 삶에 가치를 부여하는 과정이라는 것을 선생의 설명 없이도 아이들은 알아채갔다.

학생들이 한 권의 책을 쓰려면 어떻게 해야 할까?

주제 선정, 자료 수집, 목차 만들기, 초고 쓰기, 내용과 표지 편집, 인쇄 제본의 일곱 단계를 하나하나 거쳐야 한다. 한 편의 글을 쓰는 것도 막막하다는 학생들이 어떻게 이런 복잡한 과정의 책을 쓸 수 있었을까? 그 비결은 바로 '한계 없음'에 있다.

책쓰기는 주제를 정할 때도, 매체를 고를 때도, 편집을 할 때도 정해진 틀이 없다. 주제 선정의 기준은 '자신이 가장 말하고 싶은 것'이다. 지금까지의 학교 공부가 '마땅히 해야 할 것'으로 이미 정해진 거라면 책쓰기는 '순수하게 내가 결정한 것'으로 시작한다. 학생들은 문학 작품, 번역, 실험 보고서, 포토 에세이, 수학책, 영어 편지모음, 작곡, 역사서, 직업 탐방과 같은 영역으로 책쓰기를 할 수도 있고, '그까짓 거 뭐에 쓴다고'라며 군소리 들었던 만화 그리기, 애니메이션 평론, 손톱 손질법, 혼자 여행하기, 시장탐방, 곤충 기르기, 게임 소개 등으로 책을 쓸 수도 있다.

그 어느 것을 택하든 책쓰기는 결국 '나 들여다보기'다. 그동안 귀기울여 듣지 않았던 내면의 목소리를 듣고, 자신이 좋아하는 것, 잘하는 것, 잘하고 싶은 것을 찾아가게 된다. 책쓰기를 하기 위해 주제에 대한 자료를 찾고, 직접 경험하고, 전문가를 만나 인터뷰를 하면서 학생들은 제 열정의 진정성을 자연스럽게 점검받는다. 그래서 책쓰기는 숨겨놓은 소질과 끼를 발견하고, 진로를 탐색하고, 자신의 가능성을 확인하는, 살아있는 교육이 된다.

주제를 정하고 목차를 만들고 한 줄 한 줄 글로 적어가면서 우리가 만난 것은 두려움이 아니라 재미와 깊이였다. 평상시 아무 생각 없이 하던 게임도 다시 자세히 들여다보게 되고, 지나온 시간의 기억들을 하나씩 모아 의미를 찾아내게 되었다. 그렇게 우리가 한 학기 동안 써 온 것은 단지 한 권의 책이 아니라 참 괜찮은 내 삶이었다.

초등학교 때부터 일본 애니메이션에 푹 빠져 살았던 학생이 책 후기에 이런 말을 썼다.
"예전에는 일본 애니메이션 보는 것을 취미라고 말하기가 부끄러웠다. 하지만 책을 써 보니 이런 취미가 나쁘지 않은 것 같다. 내가 한때 그러했다는 것을 이제는 인정하고 자랑할 수 있다."

자신의 과거와 현재를 그대로 인정해 주면서 어느 결에 자신 감과 자존감을 가지게 되었나보다.

"이렇게 긴 글은 처음 써 본다. 이제 글 쓰는 것이 좀 감이 잡힌다."

"무언가를 적기 위해 자료를 찾다 보니 글을 읽는 안목이 자란 것 같다."

"힘들었지만 완성을 한 내 자신이 자랑스럽다."

이런 후기가 대부분이었다.

각자 쓴 것을 모아 반별로 2권의 묶음집을 만들었다. 한 권의 책으로 묶어 편집하는 일은 학생들이 모두 스스로 하였다. 제목과 표지 디자인을 정하고 통권으로 만들면서 우리는 서로 가르치고 배웠다. 힘들긴 했지만 정말 보람 있는 시간이었다. 전자기계과가 네 개의 반이라 봄, 여름, 가을, 겨울의 이미지로 책을 묶었다. 어린 새싹이 햇살 속에서 푸르러 열매를 맺고 자신에의 성찰로 성숙하는 과정을 담은 것이다.

우수작 모음집도 2권 만들었다. 귀하지 않고 아름답지 않은 삶이 어디 있겠냐마는 그래도 더 많이 자신을 들여다보고 용기 내어 펼쳐낸 작품을 선별하여 우수작이라 이름 붙였다. '나의 삶, 나의 꿈'에는 학생들이 어떤 꿈을 가지고 어떻게 도전하며 살아왔는지를 보여주는 내용으로 묶고, '눈길이 향하는 곳'에는 학생들의 관심사인 드로잉, 사진, 애니, 영화, 야구, 게임, 자동

차 등의 내용으로 묶었다. 읽다 보면 저절로 마음이 따스해지고 학생들이 이렇게 재능이 있었나 싶어 대견했다.

　　교내 책쓰기 전시회를 열어 크리스마스트리도 세우고, 풍선도 달았다. 한 학기 동안 부쩍 자란 스스로에게 축하 인사도 하는 참 좋은 연말이었다.

인문계니까 더 필요하지요

4년째 자서전 책쓰기를 했다.

대구공고에서 2년, 동문고에서 2년, 학생들은 책을 만들었다. 특성화고에서 처음 책쓰기를 시도할 때 사람들이 말했다.

"얘들이 책을 쓴다구요? 어려울 건데요."

하지만 대부분의 학생들은 자신의 인생 이야기로 24페이지가 넘는 자서전을 완성했고, 그것을 묶어 첫 해는 8권, 두 번째 해는 16권의 책으로 만들었다.

인문계 고등학교에서 수업 시간에 책쓰기를 한다고 하자 사람들이 말했다.

"얘들이 책을 쓴다구요? 어려울 건데요."

하지만 동문고 2학년 전체 학생이 자신의 자서전으로 작은 책을 만들었고, 그것을 모아 첫해 24권, 둘째 해 22권의 책을 출간하였다.

자서전 책쓰기는 문학 시간 중 한 시간을 투자해 진행하였는데, 한 학기 동안 계속 쓰는 것이었다. 학기가 시작되기 전 스스로에게 질문을 던졌다. 왜 문학을 배우는가? 우리는 문학 수업으로 어떤 성장을 꿈꾸는가? 문학 수업의 방향타가 될 질문이기에 입에 물고 오래 씹었다. 그리하여 '수능'이라는 답지 대신 내가 찾은 답은 '공감과 치유'였다.

우리는 문학 수업을 통해 타인을 이해하고 공감하는 힘을 키우게 된다. 나아가 자신의 삶을 객관적으로 볼 줄 알게 되며 다양하게 질문하는 자세를 기를 수 있다. 물론 문학 수업을 하지 않아도 학생들의 공감 능력은 뛰어나다. 학생들만큼 따스한 가슴을 가진 존재가 없다. 그러나 의외로 그런 공감이 잘 안 통하는 존재가 있다.

누구일까?
엄마? 선생님?
아니다. 바로 자기 자신이다.

내가 곁에서 지켜본 바로는 학생들은 선입견 없이 마음을 열고, 누구에게나 정직하게 손을 내밀며 말랑말랑한 심장의 온기를 건넬 줄 안다. 친구의 아픔에 함께 울어주고, 낙담한 친구에게 한없는 긍정의 손길을 내밀 줄 안다.

그런데 그렇게 따스하고 힘 있는 아이들이 정작 자신에게는 냉엄하고 차갑다. 조그마한 실수인데도 맵게 질책하고, 부정적 측면에 집착하여 자신을 몰아 부친다.

'바보같이, 그것도 제대로 못 해.'

'넌 늘 그래. 잘 하는 게 뭐가 있니?'

차마 남들에게는 무서워서도 절대 입 밖에 내지 않을 말을 자신에게 퍼붓는다.

"괜찮아, 그럴 수 있지 뭐. 다음에 잘 하면 돼."

친구에게는 이렇게 격려하면서 정작 자신에게는 그 말을 건네지 못한다. 그러다 보니 현재의 자신을 부정적으로 보기 쉽고, 자신이 맘에 안 드니 현재가 불안하고 미래는 더욱 까마득하게 느껴진다. 자꾸 주눅이 든다. 경쟁과 승부에 너무 오래 노출되어 있었기 때문이다.

학생들이 자신을 제대로 보지 못하고 자신에게 공감해 주지 못하는 것이 늘 안타까웠다. 친구에게 건네는 따스한 공감의 말 한마디를 자신에게도 넉넉하게 돌려줄 수 있기를 바랐다. 스스로에게 공감을 어떻게 해 줄 수 있을까?

공감의 전제 조건은 듣기다.

누군가에게 공감을 하기 위해서는 먼저 들어야 한다.

자신에게 공감하려면 자신의 이야기를 들어보아야 한다.

자신의 이야기에 오래도록 귀기울여주어야 한다.

17차시에 걸친 자서전 책쓰기를 했다. 과거의 추억과 미래에 대한 상상을 함께 쓰도록 하였다. 글쓰기가 아니라 '귀기울이기'에 방점을 두었다. 자신이 살아온 과거에 기억나는 사건을 최대한 자세하게 적어보게 했다. 그때의 감정과 지금의 감정을 비교도 해 보고, 아직 남은 감정이 있으면 욕을 해도 된다고 했다.

"절대 검열하지 말고 쓰고 싶은 대로 다 써 봐."

"맞춤법, 띄어쓰기 그딴 거 신경 쓰지 말고 그냥 막 쏟아 내기해."

"미우면 밉다고 쓰고, 싫으면 싫다고 쓰고, 고마우면 고맙다고 써. 다른 사람 눈치 절대로 신경 쓰지 마."

과거를 쓴 이후에는 미래 자서전을 썼다. '~ 할 것이'라는 미래형으로 쓰지 않고, '~했다.'는 과거형으로 미래의 이야기를 쓰게 했다.

"맘대로 상상해. 뭐든 좋아."

"네가 생각하는 가장 좋은 미래의 어느 장면을 구체적으로 그려보면서 적어 봐."

"네 미래는 네가 상상하는 대로 만들어질 거야."

처음에는 망설이던 학생들도 차츰 빠져들어 한 시간 내내 시간의 돌다리를 두드리는 자판 소리가 고요하게 이어졌다. 그렇게 쓴 학생 자서전의 서문 일부를 소개해 본다.

"이 글을 쓰면서 나는 그동안 내가 무엇을 할 수 있었고 그것들을 토대로 어떠한 삶을 살아왔는지 나 자신을 돌아보는 값진 시간이 되었다."

"낮은 자존감으로 이루어졌던 글쓰기는 어느새 누구도 흉내 낼 수 없는 멋진 과거와 꿈들로 물들어 아주 자랑스러워졌고, 무엇보다 내 인생에 대해, 나에 대해 자신감이 생겼다."

"미래 모습을 상상하면서 제가 정말 하고 싶은 것이 무엇인지 알게 되었어요."

책쓰기 한 번 한다고 뭐 그리 달라질까 싶은 사람들에게 진짜 우리 학생들이 쓴 책을 보여주고 싶다. 책쓰기를 하면서 가장 인상 깊었던 말이 있다.

"나에 대해, 내 인생에 대해 이렇게 집요하게 오랫동안 생각해 본 적이 없었어요."

그때 확 와 닿는 것이 있었다. 아하, 자서전을 쓰는 것이 중요한 것이 아니라 '오래, 지속적으로 시간을 준 것'이 중요했구나. 내가 누구인지 내가 어디로 가고 싶은지 스스로에게 질문할 수 있는 시간을 꾸준히 준 것이 유효했구나 싶었다. 학교는 학생이 자신을 만날 수 있는 시간을 주고, 그 시간이 충분히 가치 있다는 것만 가르치면 되는구나. 교과 수업의 이름으로 그 시간을 충분히 확보할 수 있구나 싶었다.

이런 자기 들여다보기로서의 책쓰기는 시간이 많이 걸린다.

한 학기동안 국어 수업 중 한 시간을 할애해야 한다.

"그럼 진도는 어떻게 나가요?"

그 '진도'라는 괴물이 나에게도 속삭였다. 얘들은 수능 치고 대학 갈 애들이야. 수능 점수가 더 중요해. 괜히 쓰잘데없는 것에 시간 뺏기지 말고 문제풀이나 열심히 하시지.

하지만 어디로 가는지도 모르고 그냥 문제풀이하는 문학 수업을 할 수는 없었다. 자신이 무얼 희망하는지, 어떤 점이 자신의 다리를 잡고 있는지 알지 못한 채 점수의 노예로 살도록 할 수는 없었다. 오히려 자신을 제대로 이해하고 자신의 감정을 만나 화해할 수 있다면 학습 효율도 더 높아질 것이라 생각했다. 조금 돌아가는 것 같지만 사실은 가장 빠른 길이라고 스스로를 설득시켰다. 학생들도 그것에 '좋아요.'를 누르는 것 같았다. 한 학생이 웃으며 말한다.

"샘, 책쓰기 시간이 우리 숨구멍이었던 거, 아시죠?"

인생 계획서

바야흐로 특성화고 학생들의 취업 시즌이다. 우리 학교는 대기업·공기업, 중소기업 취업률이 높은 편이라 자기소개서를 쓰는 학생도 많다. 자기소개서란 인사담당자에게 "내가 당신 기업의 적임자이니 나를 뽑아 달라."고 주장하는 글이다. 자기소개서에는 일반적으로 성장과정, 장단점 소개, 취업을 위한 노력 여부, 취업 동기와 포부 등을 쓰는데 요즘은 해당 기업의 구체적 업무 해결 방안이나 시사 문제에 대한 입장 표명을 요구하기도 한다.

자기소개서는 주장에 대한 구체적인 근거를 제시하는 것이 좋다. 설득의 힘은 관념이나 이론이 아닌 구체적 경험과 느낌의 공감에서 나오기 때문이다. 예를 들어 '봉사심'을 보여주려면 "고1 때부터 매달 00양로원을 찾아가 목욕 돕기, 식사수발, 청소하기 등의 활동을 하였다."와 같은 구체적 사례가 있어야 된다. 또한 이 활동이 자신의 삶에 어떤 영향을 미쳤는지를 함께 거론하는 것이 좋다. 소소한 경험 속에 그 사람의 인성이 숨어 있고, 상황에 대처하는 방식에서 그 사람의 직무 능력과 가치관이 나타나기 때문이다. 사채업자가 불쌍하게 여길 정도로 지독한 가난을 경험한 학생이 쓴 글을 보자.

"저는 부모님의 은혜를 갚고 옛날에 무시했던 사람들에게 '나이 회사 다닌다!'고 떳떳하게 말하고 싶어 회사에 지원하였습니다. 저는 돈을 벌어 부모님이 어렵게 자식 키운 보람을 느끼게 해 주고 싶고 꼭 그럴 것입니다.(중략) 저는 이 회사가 저희 부모님이라 생각하고 열심히 일하여 합격의 은혜를 갚을 것입니다."

웅변조의 이 글은 위에서 말하는 구체적인 근거가 없어도 울림이 크다. 절박함의 진정성이 가진 강한 호소력 때문이다. 이 학생은 취업 이후에도 열성적으로 배우고 능력을 키워나갈 것이다. 자기소개서를 쓰는 방법이 하나로 정해진 것이 아님을 잘 보여주는 사례이다.
학생들이 자소서 쓸 때 가장 힘들어하는 부분이 취업 후 자기계발 계획과 포부를 쓸 때이다. 지나온 과거야 어떻게든 쓸 말이 있는데 살아보지 않은 미래를 적으려니 만만치가 않다.

"취업 1년 때는 주어진 모든 일을 열심히 하고, 3년이 되면 전공 관련 공부를 함께 하면서 업무 능력을 키우고, 10년이 되면 과장이 되어 리더십을 발휘하고 있을 것입니다."

"아니, 어떤 업무 능력을 키우겠다는 건데? 리더십은 어떤 식으로 발휘하는 거지?"

미래가 너무 막연해 교사가 되묻는다. 학생들은 '윽, 너무 힘들어요.'라며 손을 비빈다. 그래서 돈을 많이 벌겠다는 일차적 목표를 뛰어넘어 자신의 삶을 통해 타인과 사회에 기여하는 방법을 고민하고, 무엇을 제일 가치로 삼고 살아야 할 것인가를 생각해 보라고 한다.

"네가 가장 돈이 많았을 때가 몇 살이면 좋겠니?"

"그 돈을 어떤 식으로 쓸 건데?"

"너에게 돈이란 뭐야?"

"돈 말고 너에게 정말 중요한 가치가 있다면 두 개 정도 이야기해 봐."

"그런 가치를 지금까지 살아오면서 행동으로 옮긴 사례가 있으면 말해 봐."

이런 이야기를 하다 보면 한 명의 자소서를 지도하는데 하루 종일이 걸리기도 한다. 자기소개서를 쓴다는 것은 무에서 유를 만드는 것이 아니다. 자신이 들여다보지 않은 저 속의 나를 끄집어내어 그 애가 말하도록 하는 것이다. 시간은 오래 걸리지만 자소서를 쓰면서 학생들의 마음은 부쩍 성장하고, 세상을 보는 눈이 넓어지는 것을 느낄 수 있다.

　학생들은 자기소개서를 완성할 때까지 두세 번의 퇴고를 거친다. 그러면서 19년의 인생이 생각보다 풍요롭고 아름다운 것으로 채워져 있음을 발견한다. 한때 아픔으로 다가왔던 시간도 다 자신을 단련시키는 시련이었음을 알게 되면서 자신을 대견하게 생각한다.

　"선생님, 저 제법 잘 살아온 거 같아요. 비뚤어지지 않고요."

　"그래, 그러니까 내가 네 옆에 있지"라며 자화자찬하는 아이와 웃음 짓는 선생이 주거니 받거니 하며 잘난 체를 한다. 서로에게 긍정의 에너지를 팍팍 넣어주며 우리는 각자의 인생계획서를 써 나가고 있다.

　교사로서의 자기소개서가 있다면 거기에 나는 무엇을 적을까. 중년의 나이에 자기 계발 계획과 포부를 적으라는 칸이 있다면 나는 무엇을 적을까. 오래 생각해 볼 일이다.

콘셉트 있는 자기소개

한 학기 동안 3학년들과 수업을 하였다. 특성화고 학생들은 3학년 1학기까지만 국영수를 배운다. 2학기 때는 취업으로 많은 학생들이 자리를 비우기 때문이다. 학기를 시작하면서 고민이 많았다. '취업을 앞둔 아이들에게 국어 수업이 무엇을 줄 수 있을까?' 그때 나는 '표현력을 키워주자.'는 결론을 내렸다.

표현력은 자신의 감정이나 생각을 조리 있게, 감정 상하지 않게 상대방에게 전달하는 능력을 말한다. 표현 능력은 경청 능력, 공감 능력과 함께 어우러져 의사소통 능력의 바탕이 된다.

하지만 우리 지역에서는 '표현'이라는 단어가 '말 많음, 기가 셈, 가벼움' 등의 부정적 뉘앙스로 종종 해석되어 어른들도 전반적으로 말이 짧고, 아이들도 당연히 말이 짧다. 문제는 말이 짧다 보니 근거가 없는 주장으로만 끝나기 쉽고, 타인을 배려하는 마음보다는 내 것을 내뱉는 것에 그치기 쉽다는 것이다. 말해야 할 때 정작 자신의 생각을 말하지 못하거나, 말을 해도 제대로 전달하지 못하고, 나중에 뒷담화와 울분으로 토해내는 경우가 많다.

우리가 하는 표현의 대부분은 사실 대화이다. 대화는 친교의 장을 넘어 업무에 대한 협의와 더 좋은 아이디어 창출과 문제 해결을 위한 모색 과정에도 항상 존재한다. 개인적 독백이야 형식이 상관없지만 의사전달과 협의와 창조로서의 표현은 어느 정도 격식에 맞추어야 하고, 자신 있게 조리 있게 해야 한다. 그냥 대구식으로 "마, 쫌." 이렇게 끝내면 안 된다.

그럼 어떻게 해야 이런 표현력을 키울 수 있을까?

당연히 표현을 자주 해봐야 한다. 마치 허벅지 근력을 키우려면 허벅지 부분을 집중적으로 반복 운동해야 하는 것처럼. 나는 학생들을 매 시간 칠판 앞으로 불러냈다. 앉아서는 큰 소리로 잘 대답하던 아이들도 나와서 하는 발표는 어려워했다. 자신에게 쏟아지는 뭇시선들과 실수에 대한 두려움으로 목소리가 작아져 미리 생각했던 말도 다 못하고 휘리릭 들어가 버린다. 그래서 내용을 발표하기 전에 크고 당당하게 자기소개를 하게 했다. 이때 활용한 것이 '콘셉트(컨셉) 있는 자기소개'다.

콘셉트 소개는 자신의 이름 앞에 긍정적인 수식어를 넣어 소개하는 것이다. 예를 들면 '항상 성실한 대구공고 홍길동'이라고

자신을 소개하는 것이다. 이때 '성실하고 싶은 홍길동'은 안 된
다. 자신이 그런 사람이 된 것처럼 '성실한 홍길동'으로 소개해
야 한다. 이런 긍정적인 수식어를 넣는 이유는 자신에 대한 긍
정적 암시 때문이다. 콘셉트를 고민하면서 학생들은 자신의 장
점을 인식하고 지향점을 찾게 된다. 또한 이런 소개는 취업 면
접에서 차별성도 부여해 준다. 서너 명이 면접을 볼 때 그냥 이
름 석 자만 말하면 솔직히 귀에 남지 않는다. 그러나 "대한민국
최고의 용접 장인 홍길동입니다."라고 소개하면 면접관의 뇌리
에 용접장인이라는 말이 남을 확률이 높다.

발표하는 내용이 10초밖에 안 되어도 꼭 이렇게 소개를 하도
록 했다. 처음에는 멋쩍어하더니 매번 그렇게 하니 당연한 줄
알고 잘한다. 자신의 이름을 소중히 여기고 자신의 강점을 대견
하게 여기는 사람은 말할 때 자세도 바르고 목소리도 당당하다.
말도 신중하게 하고, 말끝을 흐리지 않고 자신의 말에 책임을
지려고 한다. 아주 작은 시도지만 콘셉트 있는 소개가 학생들의
표현력 향상에 작은 동력이 되었다고 평가한다.

쓸모없음의 쓸모

학생문화센터에서 열린 연주회에 갔다. 차가운 날씨에 머플러와 장갑으로 무장을 하고 핫팩도 준비해서 갔다. 칼바람 속에서 한참을 기다리다 공연 관계자분들의 안내로 객석에 앉았다. 나는 제일 앞줄에 자리를 잡았다. 드디어 70여 명이 넘는 관악단원들이 자리를 잡고 지휘자의 손끝으로 모두의 시선이 모였다.

첫 곡은 주페(F. Suppe)의 「경기병Light Cavalry」 서곡이다. 관악단의 장엄하고 웅장한 소리가 학생문화센터를 가득 메우자 수런거리던 관객석이 물을 끼얹은 듯 조용해졌다. 연주자들의 손놀림과 미세한 다리 떨림, 여러 악기들이 내뿜는 소리의 향연에 몸이 자연스럽게 녹아들면서 리듬을 따라 흔들렸다.

무대 위에서 트럼펫, 플루트, 색소폰을 능숙하게 다루는 연주자들은 모두 대구공고 학생들이다. 대다수의 학생들은 고등학교에 들어오기 전까지 악기 연주를 한 번도 해 본 적이 없었다. 악보 보는 실력은커녕 클래식에 대한 상식조차 거의 없던 학생들이었다. 하지만 학생들은 하나하나 음계를 배우고, 운주법과 호흡법을 배우고, 마디마디 한 음 한 음 익혔다. 악보를 제대로 볼 줄 모르는 학생은 아예 귀로 음을 외워버렸다.

"호흡이 중요한데요. 고르고 긴 소리를 내기 위해 얇은 종이를 입술 가까이 대고 일정하게 숨을 내쉬는 연습을 많이 했어요."

악기연주에는 문외한인 나에게 클라리넷 운주법을 시범보이며 설명하는 학생의 손은 큼지막하고 손마디는 두툼했다.

"악기를 연주하는 게 너에게 어떤 의미니?"

"그건 정말 대단한 일이에요. 그냥 악기와 소리만 남는 거 같아요."

실습실에서 밀링 기계를 돌리고, 파란 불빛으로 용접하던 학생의 두툼한 손이 얇고 긴 악기 위에 다소곳하게 놓여 있었다. 따스하고 힘찬 손이었다. 그렇게 일 년 내내 악기와 씨름을 했다. 방학 내내 밤늦도록 함께 호흡을 맞춘 학생들이 만들어내는 감동적인 연주에 나는 가슴이 저릿해왔다. 저 애들 좀 보라고, 저렇게 멋있다고 자랑하고 싶은 마음이 그득그득해졌다.

관악부 학생 중 일부는 음악대학으로 진학하여 본격적인 연주자의 길을 간다. 하지만 대부분은 취업을 한다. 졸업해서 공장에서 기계를 다루고 건설 현장에서 거친 일을 해야 하는 공고

생들의 악기 연주는 어찌 보면 참 '쓸데없는 짓거리'일 수도 있다. 그래서 "공돌이가 그걸 배워 어디에 써 먹어?"라는 말을 쉽게들 툭툭 던지기도 한다.

그러나 70여명의 단원들이 밀고 당기며 주고받는 차이코프스키의 「지나친 편곡 Extreme Make-Over」[3]을 들으며 나는 아무 것도 아닌 것의 대단함을 생각한다. 가정 형편이 너무 어려워 우수한 성적임에도 특성화고로 진학한 학생이 잔잔하게 길어 올리는 오보에 소리를 들으며 여백의 교육을 생각한다. 두툼하고 큰 손으로 감싼 금속 악기에서 퍼져 나오는 아름다운 화음을 들으며 아름다운 쓸모없음을 생각한다. 비어 있을 때라야만 무언가 담을 수 있다는 노자의 빈 그릇을 떠올렸다.

---

3) 작곡가 겸 지휘자인 Johan de Meij가 차이코프스키의 교향곡들을 편곡하였다.

불러 아픈 이름

불러 아픈 이름이 있다. 아주 오래된 이름이지만 시간이 흐르지 않는 공간이 따로 있어 그 이름자 놓인 가슴이 여전히 쓰리다. 진실이, 그리고 수경이. 이 이름은 내게 아픔이고 부끄러움이고 날 선 채찍이고 가슴에 단 주홍글씨다.

진실이와 수경이는 우리 반 학생이었다. 그때 나는 고1 담임이었다. 둘 다 경쾌하고 활발한 목소리를 가지고 있었다. 첫날부터 눈에 들어오는 아이들이었다. 서로가 낯설어 서먹한 3월 초 진실이는 청소도 열심히 했고, 다른 아이들에게 먼저 말을 건네고, 무언가 이야기를 하면 주변 아이들이 같이 까르르 웃었다. 걸걸한 목소리의 수경이는 카리스마가 있었다. 좌중을 웃기기도 하고, 으싸으싸 함께 해내는 리더십도 있었다. 그래서 둘은 학급 반장이 되고 부반장이 되었다.

"왜 그렇게 했어요?"

누군가 묻는다면 뭐라고 해야 할까. 나는 왜 그랬을까? 분명 그때는 나 자신을 설득할 만한 이유가 있었을 거 같은데 지금은 그 이유를 댈 수가 없다.

"제가 많이 부족했습니다."

많이 부족했고 옹졸하고 오만하였던 것일 게다. 우리 반 수업이 힘들다는 선생님들의 하소연이 내 탓인 양 싫었을 것이다. 반장 부반장이 학습 분위기를 자꾸 흐린다는 선생님들의 핀잔이 듣기 싫었을 것이다. 보통 담임반 수업은 아이들이 한 번 더 긴장을 한다. 일 년 내내 함께 있을 담임에게 굳이 밉보일 이유가 없을 테니 말이다. 그런데 나도 힘들었던가 보다. 수시로 반장 부반장을 불러 다른 아이들 몫의 잔소리까지 얹어 주었다. 앞으로 잘 하라는 말을 꼬리로 붙여 돌려보냈지만 그 아이들의 행동이 내 눈에 차지 않았다. 내가 만든 반장 부반장의 기준, 그게 뭐라고 아이들만 나무란 것이다. 남의 티끌만 탓하고 내 눈의 들보는 보지 못한 어리석은 사람, 그게 나였다.

왜 그랬을까? 모질게도.

2학기가 되어 나는 반장 부반장을 교체하고야 말았다. 그 애들과 친한 열서너 명이 함께 반발을 했고, 참으로 고되고 힘든 한 학기를 보내야 했다. 학교 가는 일이 매일 사형장 가는 기분이었다. 그러나 정말 힘든 사람은 내가 아니었을 것이다. 그때 나는 그것도 알고 있었다.

하지만 미안하단 말을 하지 않았다. 그들이 졸업하여 떠날 때까지 미안하단 말을 건네주지 못하고 나도 그 학교를 떠나왔다. 이십여 년 전에 보내지 못한 미안하단 말을 지금껏 가슴에 담고 살아왔다.

"그런 지랄 맞은 선생이 있어. 잊어버려."

그 아이들을 위해 누군가 위로하는 말을 해 주었기를 바란다. 그리고 엉덩이에 묻은 먼지를 털듯이 툭툭 털고 활기찬 목소리로, 걸걸한 목소리로 잘 살아가고 있기를 바란다. 당연히 잘 살고 있을 것이다. 애초에 그 아이들은 부족한 점이 없었으니. 당당하고 멋지게 잘 살고 있을 것이다. 그러다 어느 날 파리한 젊은 여교사를 떠올리며 웃었을 것이다. 선생이라는 이름은 달았지만 참 많이 부족한 사람 하나를 생각하며 안타까웠을 것이다.

둘의 이름은 나에게 주홍글씨였다. 주홍글씨는 내가 한 잘못을 항상 기억하게 했다. 그리고 "똑바로 해, 선생 노릇." 하면서 두 눈 부릅뜨며 나를 지켜보았다. 그동안 쓴 칼럼을 모아 책을 만들자고 했을 때 진실이와 수경이가 떠올랐다. 마치 좋은 선생인 것처럼 아이들을 한없이 보듬는 사람처럼 쓴 그동안의 칼럼이 부끄러웠다. 교직 생활 삼십여 년. 내가 행여 누군가에게 힘을 주고 도움을 준 것이 있어 그것을 다 합친다 해도 두 아이들에게 준 아픔을 넘지는 못할 것이다.

그럼에도 사죄의 말을 직접 전하지 못하고 겨우 글로 적는 비겁함을 용서해 주기 바라며 행여 내가 그때보다 조금이나마 괜찮은 교사가 되었다면 그건 그대들 덕분이라는 감사를 보내며

고맙다. 진실아, 수경아.
그리고 정말 미안하다. 선생님이 참 잘못했다.

2장

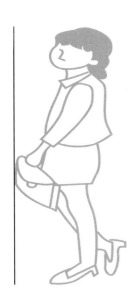

학생부 열전

　동서고금 이래로 학생이라면 누구나 두려워하는 사람이 하나 있으니 그의 이름은 '학주'로다. 본래 이름은 '학생주임'이나, 학생들은 이름 대신 수십 개의 별명이나 욕설로 지칭하고, 낙서장이나 담벼락 혹은 투서에 그를 인정사정없는 괴물로 그리곤 한다. 전설처럼 내려오는 기행들은 믿거나 말거나 꾸준히 전해지고, 학주 당사자는 떠났어도 악담은 저 홀로 악랄하고 서슬 푸른, 불사의 존재로 살아남았다.

　그러나 이렇게 떠도는 말들은 오랫동안 헛바람에 날리던 것들이 많았으니, 개인적 억하심정을 토로하거나 자신을 영웅으로 치장하고 싶은 이들이 만든 이야기가 대부분이다. 누구나 한 번쯤 '십육 대 일'로 싸워 본 전투 경험이 있지 않았던가. 이에 옆에서 지켜 본 학주와 학생부의 실제 모습을 적어 그간의 오해를 조금이나마 풀어보려 한다.

학주는 본디 학생부 태생으로, 학생부는 학생들의 생활지도를 담당하는 부서이다. 학생부 선생들은 교문과 복도, 옥상과 뒤뜰을 가리지 않고 불시에 나타나는 분신술쯤이야 기본으로 가지고 있다. 좀 경력이 붙으면 10m 밖에서 담배냄새를 맡고, 20m 밖에서도 학생의 불량 상태를 집어낼 줄 알며, 고수가 되면 학생들의 손바닥 안에 숨어있는 일탈과 반항까지 투시하는 신통술을 부릴 수 있다.

아침마다 교문에서 복장단속 지도하고,
하루 종일 수업, 수행평가 병행하고,
시험문제 만드는 사이사이 학생들을 대상으로 상담과 진실게임, 심문과 추궁을 벌이며,
공문을 수발하고 보고하는 사이사이 학교폭력위원회를 열어 하나하나 심사하고,
벌점 많은 학생들 봉사활동 체크하고, 저녁까지 남아 아이들의 반성문을 검토하고, 학생들과 길고 긴 밀당을 해야 한다.
또한 주민들과 학부모, 지역 관련 단체를 대상으로 수시로 전화 민원과 협조 민원을 해결하며 교외 순찰 지도까지 겸해야 한다.

어디 그뿐인가.
운동장에서 휴대폰을 분실해도,

교실에서 주먹다툼을 해도,

학생이 왕따를 당해도,

수업시간에 학생이 교사에게 대들어도,

쉬는 시간 판치기한 놈들도,

화장실에서 담배 피우다 걸린 녀석도,

시내에서 물건을 훔친 녀석도,

학생이 가출해도,

놀러가서 사고가 나도,

학교 인근 주민의 항의 전화도,

장난치다 다친 자식 볼모로 학교 협박하는 학부모도

모두 학생부로 보내진다.

결론적으로 학생부의 활동영역은 교내외를 가리지 않고, 활동 시간 또한 주야를 가리지 않는다. 이렇게 열심히 해도 무르면 무르다고 탓하고 강하면 강하다고 비난당하고, 학교에서 일이 나면 제일 먼저 도마에 오르고, 손가락질이 날아온다. 징계와 처벌을 하다 보니 욕먹기 다반사고, 예방과 교육을 하다 보니 온갖 서류와 절차로 야간 근무가 다반사다. 그 설움을 누가 알아줄까 했더니 선생들이 미리 알고 교사업무 기피 1호가 되고 말았구나.

고단하다 학생부여, 안타깝다 학생부여!

세상의 허명 때문에 그들의 노고와 은공이 가려지고 있으나 여전히 학생부는 학교 울타리를 지키는 파수꾼이다. 그들이 있어 교실에서는 학생들이 웃고, 교사는 수업에 몰두하고 부모들은 마음을 놓는다. 개인 편차야 없지 않겠지만 대부분 학생부 선생님들은 묵묵히 그 일을 하고 한 명의 학생이라도 잘 지도하려 애쓴다. 무한 수고하시는 학생부 선생님들께 미약하나마 박수와 감사의 인사를 보낸다.

"욕 보십니데이."

초짜 선생님을 위해

새 학기가 시작되었다. 어느 교사인들 바쁘고 정신없지 않겠느냐마는 담임들만 하랴.

어디에 앉을지 모르는 아이들에게 자리를 정해주고,

매일 전달 사항을 알려주고,

여러 장의 가정 통신문을 나누어주고,

청소 지도를 하고,

아이들 이름을 익히고,

가정환경을 파악하고,

상담을 하고,

고등학교의 경우 방과 후 수업에 야간 자율학습 감독까지 하고 나면 3월 한 달 내내 입술이 부르튼다. 담임에게 3월은 두통과 미열의 시간이다. 경륜 있는 교사들도 이러할진대 처음 담임을 맡은 신참 선생님들은 오죽할까.

처음 담임을 했을 때가 생각난다. 첫 발령지는 남녀공학 중학교였다. 담임이라는 칭호만 달았지 모든 것이 생소했다. 급훈을 정하고, 반장 선거를 하고, 동아리반을 배정하고, 학급 규칙을 정하는 등 매일 개나리가 피어나듯이 새로운 일들이 몰려 왔다. 뭘 물으면

"글쎄? 선생님이 얼른 알아와 가르쳐줄게."라며 허둥대는 나를 보며 아이들은 충분히 알아챘을 것이다. 저희 담임이 초짜라는 것을. 그래도 아이들은 담임이라고 나를 믿고 기다리고 수시로 까르르 웃어주었다.

수업은 어떠했던가. 그나마 여학생 반에서는 수업이 잘됐다. 조용히 듣고, 발표도 잘하고, 무엇보다 그네들 표정을 보면 무슨 생각을 하고 있는지 알 수 있었다. 문제는 남학생 반이었다. 잠시도 가만있지 못하는 이 작은 짐승들은 시도 때도 없이 떠들고, 선생님 말을 가로막고, 심지어는 저희들끼리 싸우기도 했다. 이곳을 눌러 놓으면 저쪽이 떠들고, 저쪽을 혼내면 전혀 엉뚱한 짓으로 한숨짓게 만들었다. 게임 판의 두더지처럼 예고 없이 올라와 엉뚱하게 방해하는 남학생들 앞에서 나는 수시로 한없이 작고 형편없는 존재로 내팽겨졌다.

2년차가 되었을 때 여학생 반 수업만 하고 싶었다. 남학생 반이 두려웠다. 그때 칠팔 년 정도의 경력을 가진 여선생님이 선

뜻 남학생 반을 맡아주었다. 아, 나는 그때 그 선생님을 맘 놓고 존경하고 우러러 보았다. 나도 고참이 되면 저런 배려를 할 수 있기를 마음속으로 빌었다. 물론 초짜이면서도 초장부터 학생들을 확 휘어잡는 선생님도 있었다. 그 선생님 앞에서는 아이들이 일사분란하게 행동하고, 자세도 바르고 예의도 잘 지킨다. 그런 분들이 부러웠다. 눈빛 하나로 천하를 호령하듯 손가락 하나로 반 아이들을 들었다 놨다 하고 싶었지만 솔직히 그건 내 능력이 아니었다. 한마디로 '한칼'이 없는 나는 방법이 없었다. 손가락 대신 수시로 아이들과 만나 이야기하고 다독이고 주변에서 지켜보아야만 했다. 함께 여행을 하고, 서점에 가서 책을 읽고, 떡볶이를 만들어 먹으며, 오래 귀를 기울여야만 했다. 그래서였을까? 지금도 그때 우리 반 학생들과 연락을 하고 서로 나이 들어가는 이야기를 주고받는다.

새내기 선생님들의 삼월 첫 주를 생각해본다. 낯설고 허둥대고, 실수하리라. 그 서툰 따스함과 허둥대는 열정을 누구나 한 번씩 경험하였기에 선배 교사들 눈에는 그 모습이 그냥 이쁘다. 초짜라서 보여줄 수 있는 아름다운 도전에 사랑 가득한 지지와 격려를 보내본다.

정년퇴임을 축하하며

내 고향은 겨울이면 눈이 많이 와 종종 버스가 끊긴다. 나는 경상북도 상주시와 충청북도 보은시의 경계에 있는 고등학교를 졸업했다. 학교가 작다 보니 1반은 남자반, 2반은 남녀합반으로 구성되었다. 처음 남녀합반이 된 1학년 때 우리는 참 많이도 다투었다. 지금 생각하면 별일도 아닌 것으로 자주 편이 나뉘었고 더러 유리창도 깨졌다. 하지만 3년을 매일같이 한 반에서 지내다보니 어느새 남자 여자가 아닌 그냥 친구가 되었다. 우리는 단 한 분의 담임선생님과 함께 지냈다. 고등학교 3년 내내 담임이 한 명인 경우는 아마 드물 것이다.

담임선생님께서 정년퇴임을 하신다는 소식을 들었다. 그동안 각자 살기 바빠서 연락도 못하고 어디에 사는지도 모르고 지냈던 친구들이 하나둘 카카오톡 대화방으로 모이기 시작했다.

"선생님 덕분에 우리가 다시 만나네. 역시 샘이다."

마치 열아홉 살의 고등학생처럼 밤이 깊도록 이야기가 이어졌다. 미우나 고우나 이제는 소중하기만 한 학창시절 추억담을 나누며 쏜살같이 흘러간 시간을 끌어당겨 새로이 풀어헤치곤 했다. 우리는 성능 좋은 카메라를 구입하고, 꽃다발을 들고 선생님을 찾아갔다.

선생님은 온화한 표정으로 우리를 맞아주셨다.

한평생 교직에 헌신하신 선생님의 퇴임을 축하하기 위해 우리는 마치 노부모를 위해 색동옷을 입고 재롱을 부린 노래자老萊子4)처럼 「어쩌다 마주친 그대」를 큰 소리로 부르며 흔들흔들 춤을 추었다. 하얗게 머리가 센 선생님과 희끗희끗한 물들어가는 나이의 제자들이 시간 저 너머로 훌쩍 돌아가 마치 수학여행 가는 고속버스 안처럼 흥겨움이 가득 차올랐다. 박수 소리에 맞춰 3년 동안 함께 했던 수업 시간, 몰래 도망 나왔던 야간 자율학습시간, 교문에서 오래도록 우리를 지켜보시던 학력고사 치던 날 아침의 기억이 툭툭 튀어나왔다.

내가 학생일 때, 나는 내 힘으로 세상을 들어 올리며 자라는 줄 알았다. 그러나 나이가 들고 자식을 키워 보니 저 홀로 자라는 아이는 하나도 없다는 것을 알게 되었다. 아침저녁으로 들리

---

4) 중국 춘추시대 말기 초나라 학자

던 선생님의 잔소리가 세상으로 나가는 용기와 힘을 길러주는 것이었음을, 우리에게 당신들이 보지 못한 더 큰 미래를 보여주고 꿈꾸게 해주셨음을, 무엇보다 우리가 힘들 때 선생님들도 함께 세상의 귀퉁이를 들고 온 힘으로 버텨 주셨다는 것을 이제는 안다. 세상의 모든 선생님이 그렇게 우리를 지켜주고 잘 되기를 진심으로 빌어주신 덕분에 오늘의 우리가 있음을 안다.

선생님은 오십이 다 되어가는 제자들의 춤과 노래를 보며 웃으신다. 선생님의 웃음에는 한평생 몸담은 곳에서 영영 떠나는 아쉬움, 새로운 시작을 앞둔 두려움과 호기심이 손을 마주 잡고 서 있다. 복잡한 마음의 선생님 옆에 우리가 함께 서 있을 수 있어 참 다행이었다. 오래전 고등학교 졸업식 때 우리를 보내던 선생님의 마음처럼 선생님의 퇴임을 축하하고, 더 좋은 내일을 축복해 드릴 수 있어 정말 다행이었다.

"선생님, 그동안 수고 많으셨습니다. 잠시 여행도 하고 사진도 찍고 텃밭도 일구고 글도 쓰시며 한가하게 지내세요. 따스한 날에 막걸리 한 잔 받아 찾아뵙겠습니다. 늘 건강하세요."

해 봐야 배운다

　지난주에 어울토론 캠프를 하였다. 1, 2학년에 국한시켰음에
도 불구하고 120명이 넘게 참가해 갑자기 찾아온 더위를 한층
더 실감나게 하였다. 어울토론 캠프는 토론의 진행 과정을 익히
고 토론의 의미와 지향점을 공감하는 일종의 '토론 연습' 시간
이다. 캠프로 토론의 맛을 본 아이들은 '어울토론 리그'에 참가
하여 본격적인 토론을 배우게 된다.
　어울토론이 생소한 분들을 위해 어울토론의 성격과 포맷을
잠시 소개해 본다. 어울토론은 입안, 반박, 전체 질의, 정리의 4
단계로 이루어진다. '어울'이라는 말에서 느껴지듯이 팀웍을 중
요하게 여긴다. 2대 2, 4대 4 등으로 참가 인원을 고정할 필요
가 없다. 교실 형편에 맞게 팀을 나누어 함께 논제를 파악하고
자신들의 논리와 반박 논리를 찾아 함께 참가하면 된다. 승부가
아니라 배움을 중요하게 여기기 때문에 개인의 독주보다는 팀웍

이 중요하다.

어울토론은 각 단계마다 전체 협의 시간을 주어 토론 도중에도 팀협조가 가능하다. 예를 들어 입안 역할을 하는 학생이 제대로 발표를 하지 못하면 팀의 다른 학생이 보조발언을 해 줄 수 있다. 이런 혹기사의 범위는 토론 상황에 맞게 교사가 유연하게 확장할 수도 있다. 또한 전체질의 시간에 한 학생만 계속 질의를 하면 비록 논리적으로 우세하다 하더라도 팀웍 점수에서 감점을 받도록 하여 서로 머리를 맞대어 논리를 구하고 말을 잘 못하는 친구에게도 발언의 기회를 줄 수 있도록 하였다.

어울 토론의 가장 큰 매력은 찬반을 미리 정하지 않고 토론 바로 전에 정하는 것이다. 미리 정해진 것이 없기 때문에 학생들은 논제의 찬성, 반대 양쪽 입장에 대해 조사하고 나름의 논리를 구안하여야 한다. 비록 자신의 입장이 찬성일지라도 반대 입장까지 조사하기 때문에 생각의 테두리를 넓힐 수 있는 이점이 있다.

"준비하기 전에는 무조건 내 의견만 옳다는 생각을 했는데요. 반대 입장에서 준비하고 토론을 하다 보니 이쪽의 논리도 타당한 점이 있다는 것을 알게 됐어요."

하지만 토론은 쉽지 않다. 한 번도 토론을 해 보지 않은 학생들을 대상으로 토론의 본질과 포맷을 강의하고 직접 실연해보는 어울 토론 캠프는 선생님들의 많은 노고가 필요하다. 학생 중에는 입안이나 반박에 주어진 3분을 제대로 채우지 못하는 경우도 적지 않다. 같은 말만 반복하는 학생, 몇 마디만 하고 아예 입을 닫는 학생도 있다. 하지만 어쩌겠는가. 배우지 않고 안 해 봐서 못하는 것인데.

"캠프에 참가한 소감이 어때?"
"이런 활동에 참가한 제가 자랑스러워요."
입가에 연방 미소를 띠는 이 학생은 토론을 너무 못해 나를 답답하게 만든 학생이었다. 처음으로 토론을 해 보았던 아이는 비록 자신이 제대로 말하지는 못했지만 다른 학생들을 보며 많이 배운 듯하다. 그런 낯설고 어려운 토론 행사에 참가하려고 마음먹은 자신이 대견스러웠나 보다. 겉으로 드러난 현상만 보고 또 내가 자의적으로 판단을 했나 보다.

"좀 걱정했는데, 정말 아이들이 대단한 거 같아요. 저도 많이 배웠네요."
캠프를 함께 진행한 선생님의 소감이다. 그분도 토론 행사는 처음이라 참가를 망설였다. 학생들이 그러하듯 선생님들도 낯선 것과 마주하려면 용기가 필요하다.

"그렇죠? 아이들은 항상 우리가 기대한 것 이상으로 잘하는 것 같아요. 선생님도 수고 많으셨어요."
교사들은 무언가를 시작할 때 '과연 아이들이 잘 따라줄까?',

'했다가 중간에 나만 힘 빠지는 것이 아닐까?' 하는 두려움을 가진다. 자신이 하려는 것이 절대 '잘못된 것이거나 비교육적'인 것이 아님에도 불구하고 해 보지 않은 낯선 시도라는 점에서 걱정이 앞선다. 실컷 준비했는데도 학생들이 "귀찮아요. 시간 없어요. 그거 힘들게 왜 해요?"라며 어깃장을 놓기 십상이라 교사 스스로 자신을 믿고 용기를 내지 않으면 생각한 만큼 성과를 내기 어렵다. 그래서 '학생들이 안 따라줘서, 입시와 진도 때문에'를 핑계로 예전의 방식대로 수업을 이어가는 경우가 많다.

하지만 새로운 도전의 진짜 장애물은 교사의 욕심인 경우가 더 많다. 자신이 제시한 과제에 학생 모두가 좋은 결과물을 내야 한다는 욕심 말이다. 경험에 따르면 새로운 활동 수업을 할 때 40퍼센트 정도의 학생은 교사의 기대를 충분히 충족시킬 만큼 잘 한다. 그에 비해 40퍼센트 정도는 고만고만하고 나머지 학생은 하는 둥 마는 둥하거나 기대에 못 미치는 결과를 내기도 한다.

어떤 활동이든 모든 학생들이 넙죽 받아들여 열심히 하지는 않는다. 하지만 여기서 놓쳐서는 안 되는 것이 있다. 제대로 따라주지 않는 학생조차도 친구들과 활동하고 잘한 학생들의 발표를 보면서 부지런히 성장하고 있다는 점이다. 말 못하는 사람이 말 잘하는 사람을 많이 보면서 점차 발표력이 느는 것과 같은 이치다.

그런 의미에서 학생들을 자꾸 생각하게 하고, 논의하게 하고 무언가를 생산하도록 기회를 제공하는 것이 필요하다. 아이들은 다양한 방법과 수준으로 배운다. 심지어는 실패를 통해서도 배운다. 배움은 오로지 무언가를 '해 보았을 때' 가능하다. 우리가 아이들에게 말하듯이 이제 교사들도 자신의 배움을 위해 스스로를 격려해 주면 좋겠다.

"그래, 한번 해 보자."

그리 바삐 읽어서 뭐하게요

　라다크라는 곳이 있다. 인도 북쪽 히말라야 근처 해발 3500m
에 있는 옛 도시다. 환경이 척박하여 오랫동안 서구 문명과 접
촉하지 않은 채 자기만의 문화와 자급자족 경제로 살아가는, 한
마디로 오지이다. 라다크는 헬레나 노르베리 호지가 쓴 『오래
된 미래』라는 책으로 세상에 알려졌다. 책에는 공존과 여유의
공동체 사회가 서구 문화를 접하면서 이기와 경쟁의 탐욕 사회
로 바뀌는 과정을 자세히 적고 있다. 비록 작은 마을의 기록이
지만 세계화의 허상과 획일성을 꿰뚫어보고 있어 현대 문명 비
판서이자 대안을 제시하는 책으로 오랫동안 호평을 받아왔다.
　요즘 그 책을 수업시간에 가르치고 있다. 엄밀하게 따지면 그
책의 서문에 나오는 네 페이지 정도 분량의 글을 읽고 있는 것
뿐이지만 말이다. 교과서에 실린 부분이 구체적인 사례가 적고
문명을 비판하는 추상적인 내용이다 보니 학생들은 글이 어렵다

고 투덜거린다. 그래서 라다크 관련 동영상을 찾아 보여주고, 저자의 인터뷰도 잘라서 보여준다. 아이들은 책 대신 화면으로 히말라야의 눈과 라다크 사람들의 의식주, 따스한 목소리를 가진 여자들, 기도하는 사람들을 만나게 된다. 그러나 아무리 그래 본들 아이들이 이 책 한 권을 직접 읽는 것에 비한다면 참 씁쓸한 일이다. 책 한 권을 오롯이 함께 읽는 수업을 할 수 있다면 얼마나 좋을까?

한 시간 동안 읽고 그 사이에 예쁜 책갈피를 끼워 놓고,
맘에 드는 구절을 넣은 엽서를 만들고,
책의 인물에게 보내는 두세 줄의 안부 인사를 적고,
활자로 그려진 라다크 지역을 상상해서 그려도 보고,
작가의 의중에 대해 함께 토론도 하고,
다른 사람이 쓴 서평을 읽고 트집도 잡아보고,
나만의 새로운 서평을 쓰고 발표도 하는
그런 책 읽기 수업을 할 수 있으면 참 좋겠다.
시험에 나온다는 협박으로 암기하고
밑줄 긋게 하는 읽기가 아니라

"네가 맘에 드는 부분에 밑줄을 그어 봐."3
와 같이 향기나는 말을 하고
"네가 가보고 싶은 여행지는? 그 이유는?"

라든지

"우리가 꼭 지켜가야 할 사회적 가치는 무엇일까?"

"우리는 진보하고 있는가?"

와 같은 질문을 던지고 아이들이 고민하는 표정을 지켜보고 싶다. 한 시간만 읽고 숙제로 독후감 내는 읽기가 아니라 열 시간쯤 같이 책을 읽는 수업, 때로는 입을 맞추어 큰 소리로 같이 읽고 한 문장씩 서로 주고받듯 노래처럼 읽기도 하고, 한 줄은 눈으로 읽고 한 줄은 입으로 읽는 게임도 해 보고 싶다. 그 모든 활동을 국어 수업의 이름으로, 읽기 지도의 이름으로 해 보고 싶다.

아이들은 자기 생각이나 느낌을 자유롭게 쓰고,
친구의 이야기에 박수를 보내며 끄덕여주고,
멍때리듯이 낯선 지역을 상상해 보고,
여행자로서 자신의 뒷모습을 그려볼 것이다.

누군가 "그래서 몇 권이나 읽을 수 있나요?"
라고 보채면
"그리 바빠 읽어서 뭐하게요."
하고 낭창하게 답하면서 말이다.

이미 이런 읽기 수업이 시작되고 있다. 2015 개정 교육과정에서 처음 등장한 '한 학기 한 권 읽기'를 벌써부터 시도하는 선생님과 학교가 늘고 있다. 읽기 수업의 새로운 영토가 만들어지고 있다. 덕분에 맘놓고 수업 시간에 책을 읽는 아이들, 독서삼매경에 빠진 아이들 너머 운동장의 나무들은 노랗게 단풍이 들고 있다. 가을도 책장을 넘기고 있나 보다.

과정이 살아있는 수업

왜 고1 때 글을 못 쓰는 아이들은
고3 때도 글을 잘 못 쓰는가?

한동안 궁금했다. 3년 동안 국어 교육을 받고, 매년 백일장이
며 독후감 쓰기며 논설문 쓰기를 배우는데 글쓰기 능력은 왜
늘지 않는가? 적어도 고등학교까지 국어 수업을 받았다면 네
단락 정도의 1천자 쓰기는 할 수 있어야 되는 것 아닌가? 세련
까지는 아니라도 맥락과 논리에 맞는 1천자 글 정도는 쓸 수
있어야 하는 것 아닌가?

수능 탓이라 먼저 답해 본다. 수능에서도 쓰기 능력을 평가하
기는 한다. 개요 짜는 방법을 긴 지문의 오지선다로 평가하고,
초고쓰기와 퇴고 과정도 오지선다로 평가한다. 직접 개요를 짜
거나 문장으로 써 보는 것이 아니라 다 만들어놓은 개요와 글

을 읽고 문제를 푸는 것으로 평가받는다. 이런 쓰기(형) 문항은 겉으로는 쓰기 능력을, 실제로는 독해력과 추론능력을 평가한다는 점에서 성취기준-교수학습-평가의 기본 원칙을 위배하고 있다. 이건 참 큰 문제다. 그럼에도 불구하고 현장의 국어 교사들은 수능 때문에 글쓰기 대신 쓰기 문제 푸는 방법을 가르친다. 그러니 쓰기 문제는 만점을 받으면서도 글쓰기는 엄두도 못 내는 학생들이 나올 수밖에 없다.

수능을 탓하고 나니 똑같은 질문이 내 수업으로 들어온다.

나의 쓰기 수업은 어떠했던가?

나름대로 시, 소설, 독후감, 자서전, 설득하는 글 등 다양한 글쓰기를 수행평가로 해 보았다. 아이들은 제법 멋진 결과물을 만들어냈다. 그러면 아이들의 글쓰기 능력은 그만큼 성장하였을까? 자신이 좀 없다.

글쓰기는 자전거 타기처럼 몸에 익히는 능력이다. 암기형 지식이 아니라 한 문장 한 문단 연습하며 길러야 하는 기능이다. 기능은 단계를 통해 업그레이드된다. 그런 관점에서 돌이켜보자. 나는 아이들의 글쓰기 과정과 단계를 하나하나 짚어가며 가르치고 평가하였던가? 혹 과정은 무시한 채 글쓰기의 결과물만 평가하지는 않았는가? 만약 그랬다면 나 또한 글 못 쓰는 아이를 만든 공범이 될 수밖에 없다. 깊이 반성한다.

올해의 책쓰기 수행 평가는 변화를 주기로 했다. 책쓰기를 완성하였는가, 주어진 내용 요소를 채웠는가 등의 결과물 중심으로 평가하던 것에서 '표현력과 감성력 신장'이라는 역량 중심 평가로 방향을 바꾸었다. 이렇게 역량 중심으로 목표를 정하자 가르쳐야 할 내용이 대거 수정되었다.

수업 시간마다 표현력 신장에 필요한 이론과 지식을 제공하고 그것을 아이들이 직접 익히도록 가르쳐야 한다. 이를 위해 글감 찾기, 장면으로 글감 나누기, 대화와 묘사 익히기, 강제 연결법 적용하기, 구체적으로 적기, 간결한 문장 쓰기, 문단으로 끊어 쓰기 등으로 쓰기 단계를 세분화한다. 또한 내용적 측면에서도 감정 단어 찾기, 감정 들여다보기, 역지사지하기, 내 감정 인정하기 등의 과정을 지도해야 한다. 수업 내용이 달라지니 평가 또한 당연히 달라진다. 과정 하나하나에 대한 피드백과 최종 결과물 평가가 함께 이루어져야 한다.

너무 크게 벌이는 거 아닐까. 감당할 수 있을까. 아직 발도 떼지 않은 청사진을 이렇게 공개하는 이유는 스스로 도전해보고 싶어서다. 그래, 또 해 보자. 그러면서 우리는 어떻게든 배울 것이다.

수석교사 4년

  수석교사가 된 지 4년이 지났다. 4년이라, 옛 우리말을 보면 3년에 대한 구절은 제법 있다. '벙어리 삼 년, 귀머거리 삼 년'이나 '서당개 삼 년이면 풍월을 읊는다.'라든지 '삼 년 고개서 구르다.'와 같은 말들을 보면 3이라는 숫자는 어떤 상황이 해결되거나 새로운 시작을 알리는 시간의 마디가 된다. 그에 비해 4는 3이 지나고도 하나가 더해진 숫자로, 매듭보다는 연장 혹은 과정의 느낌으로 다가온다. 하지만 나는 수석교사 4년을 지금 생각해 본다. 왜냐하면 수석교사 4년이 된 나에게는 재임용이라는 관문과 공립교사 4년차가 되어 다른 학교로 내신內申을 내야 하는 처지이기 때문이다.

  수석교사 4년을 되돌아본다. 나는 어떻게 살아왔던가. 나는 수업을 잘하고 싶어서 수석교사가 되었다. 이미 수업을 잘하고 있던 다른 수석교사들에 비해 나의 수업 설계 능력이나 수업 분석 능력은 턱없이 부족한 상태였기에 매번 하는 수업마다 오랜 고민을 하여야 했다. 특성화고에서의 국어 수업은 인문계고와는 다른 수업 목표를 요구했고, 수업 방법도 새롭게 개발해야 했다.

나는 내 수업이 학생들의 삶에 조금이나마 보탬이 되기를 희망했고, 다른 선생님들께 약간의 자극이 될 수 있기를 소망했다. 매년 수업을 공개하고, 대구공고 선생님들과 이런 저런 모임을 만들어 수업을 잘하는 방안을 논의하였다. 처음으로 수업 컨설팅을 갔을 때는 남의 옷을 걸친 사람처럼 쑥스러워 아주 짧게 이야기를 했던 기억이 난다. 컨설팅이 잦아지고 수업 참관이 늘면서 쑥스러움이 줄긴 했지만 그래도 여전히 옅은 셀렘과 흥분으로 심장이 뛴다.

다양한 수업 방법에 대한 연수를 찾아다니며 받았다. 수업에 대한 고민과 새로운 시도가 누적되면서 함께 공유할 수 있는 것도 늘어났다. 국어과 선생님들과의 컨설팅, 수업 공개 선생님들과 미리 만나 함께 지도안을 짜면서 나누었던 많은 이야기들, 학교 대상의 강연 시간에는 독서 교육과 책쓰기, 토론 교육, 인문학에 대한 고민을 함께 나누었고, 이후 중등협력학습지원단 소속으로 좋은 수업 나누기와 국어 한문 수업 한마당 행사를 진행하기도 했다.

수석교사가 되어 가장 소중한 기억은 무엇일까. 질문을 던지고 오래 생각했다. 많은 일이 있었고, 많은 변화가 있었지만 결론은 하나였다. 좋은 사람들과의 수업 모임이 가장 소중하고 아름다운 기억이었다. 수석교사가 되어 함께 했던 자발적인 수업 모임, 우리는 어떤 연구회에도 소속되지 않았지만 격주로 모여 자신의 수업을 탈탈 털어 내놓으면서 격려하고 아이디어를 나누었다.

연암과 그의 친구들이 백탑 아래에 모여 시와 음악과 무예와 과학과 우주에 대해 맘껏 토론하였듯이 국어, 수학, 사회, 체육 선생님으로 구성된 모임에서 서로의 수업에 대해 끝없는 이야기와 우리가 나아갈 교육의 방향과 삶의 지향점에 대해 오래도록 의논하였다. 우리는 아이들이 새롭게 도전하는 걸음마다 작은 디딤돌을 놓아주고 싶었고, 그들이 디디는 걸음마다 아름다운 향기와 잎을 가진 꽃이 피길 소망하였다. 우리가 알고 있는 지식을 주입하려 애쓰지 않고, 그들이 말하고 무언가 생각하도록 질문을 던지고 기다리려고 했다. 자원방래하는 유붕처럼[5] 우리는 함께 기뻐 만났다. 한밤중 우리의 이야기는 두런두런 수런수런 호탕한 웃음소리로 하늘높이 올라가 퍼졌다. 그들이 있어 오늘의 내가 있었다.

나는 나에게 소중한 전환점이 된 수석교사라는 명함이 정말

---

5) 有朋自遠方來不亦樂乎(유붕자원방래불역락호) 벗이 멀리서 찾아주니 또한 즐겁지 아니한가?

감사하다. 수석교사에게 주어진 많은 혜택이 고맙고도 감사하다. 내가 받은 무수한 은혜에 비해 베푼 것이 무척 적지만 어쩌겠는가. 앞으로 꾸준히 갚아나가야 할 것을. 이제 겨우 수업이 무엇인지, 국어 교육이 무엇인지 맛본 초짜 수석교사로서 내가 할 수 있는 작은 것들을 해야 할 것이다.

한 해가 가고 새로운 한 해가 다가온다. 다시 만날 소중한 인연들을 생각한다. 우리는 만나서 즐거울 것이다. 수런거리며 웃을 것이다.

수행평가 때문에 힘들어요

"수행평가 땜에 애가 밤을 새요."

학부모의 원망소리를 듣는다. 곧 기말고사인데, 시험 범위도 많은데, 과목마다 수행평가가 밀려 있기 때문이다. 수능을 앞둔 고3 학생들도 수행평가 40%를 적용하라는 지침이 내려와 학생들이 체감하는 수행평가 피로도는 더욱 심하다. 그럼에도 불구하고 나는 왜 수행평가가 필요한지를 적어보고자 한다.

수행평가란 교과 담당 교사가 학습자들의 학습과제 수행 과정 및 결과를 직접 관찰하여 전문적으로 평가하는 것을 말한다. 중간 기말고사가 교과 지식의 습득 여부를, 정해진 시간에, 전 학생이 동시에 치는 일회성 시험이라면 수행 평가는 교과에서 꼭 배워야 하는 기능(역량)의 습득 여부를, 수업 시간 안에, 학습 수행도를 그때그때 관찰하고 누적하여 평가하는 것이다.

예를 들어 보자. 학생의 쓰기 역량을 평가하려면 꾸준히 쓰는 방법을 가르치고 지속적으로 쓰기를 연습한 과정과 최종 결과물을 함께 보아야 한다. "독후감 한 편 써 와."하고 숙제를 내고 그것으로 아이의 쓰기 역량을 재단할 수는 없다. 한판 승부라 안 되는 것이 아니다. 학생이 배우지 않은 것을 평가받는 것이 문제다. 일회적인 결과물로 평가를 하면 이전부터 글을 잘 쓰는 아이는 좋은 결과물을 내고, 글을 못 쓰는 아이는 좋지 않은 결과물을 내게 된다. 억울하지 않은가? 배우면 달라질 수 있는데. 그리고 자신이 가르치지 않은 것을 평가하는 셈이 되니 교사로서도 일종의 직무유기가 된다.

이번 학기 수행평가는 '자서전 책쓰기'로 정하여 학생들은 3월부터 쓰기 수업을 했다. 그림도 그리고 글도 쓰고 편집도 하고 표지도 디자인한다. 모든 과정은 수업 시간에 이루어졌다. 결과물은 수업 시간에 충실히 하면 완성할 수 있는 정도로 제시하여 대부분 학생이 도달한 것으로 보인다. 그래도 몇몇은 더 좋은 결과를 내려고 밤잠을 줄일지도 모른다. 이런 이유로 수행평가가 몰리기도 하니 이해해 줬으면 하는 맘이다.

또한 수행평가에 모둠별 협력과제가 많다는 것도 학부모에겐 불만이다. '팀플'이라 불리는 협력과제는 모둠원들과 함께 하나의 결과물을 완성해야 하기 때문에 맡은 역할이 공평하지 않은 경우가 많다. 그러다 보니 이맘때면 이런 전화가 걸려온다.

"우리 애만 고생했는데 왜 그 결과를 함께 나누어야 하는지요?"

밤새는 자식이 아련한 부모 마음이야 충분히 공감이 간다. 하지만 그분들도 '내 아이가 모둠원을 위해 희생하는 것이 억울하다'고 말하는 것은 아니다. 학교 수업 시간에 함께 할 수 있는 협력과제를 내주고, 교사가 직접 체크하기를 바라는 마음을 표현한 것이다. 앞으로 점차 그렇게 바뀌어 갈 것이다.

수행평가는 성적과 선별보다는 학생의 성장과 역량—오랫동안 쌓아야 하는 삶의 힘—을 중시한다. 혹 혼자서 모둠 과제하느라 지친 자녀가 있으면 꼭 말해주었으면 한다.

"수고했어. 너는 정말 뛰어난 아이야. 솔선수범, 성실성, 과제해결능력, 베품 능력은 인생에서 꼭 필요한 능력이란다. 그 많은 능력을 이미 가진 네가 정말 자랑스러워."

맛난 간식과 함께 말이다.

코끼리를 움직이는 힘

"배가 난파돼 당신은 물에 빠졌다. 구명조끼는 하나인데 사람이 둘이다. 당신은 어떻게 행동하겠는가?"

좀 오래전 이야기다. 서울대 면접문제로 나온 문제다.

응시한 학생 대다수가 자신이 죽는 것을 선택했다고 한다. 교수가 천편일률적인 답이 답답해 유도질문을 했다.

"너는 인류를 구할 수 있는 과학자다. 그에 비해 상대는 흉악범이다. 그래도 구명조끼를 양보하겠느냐?"

답은 별로 바뀌지 않았다고 한다. 왜 그랬을까?

가장 큰 이유는 그 면접이 당락을 가르는 시험이었기 때문이다. 괜히 속내를 드러내어 불합격의 이유를 만들 필요가 없다. 그 다음은 상황은 가상이었기 때문이다. 내가 구명조끼를 내주어도 실제로는 안 죽는다는 것을 알기 때문에 충분히 양보할 수 있는 것이다.

　이와 비슷한 문제로 고민하는 윤리 선생님을 만났다. 선생님은 활동과제로 '사회적 약자에 대해 조사하고 그들에게 우리가 할 수 있는 일을 찾아 보고서로 작성하고 발표하라.'고 제시했다. 학생들의 결과물은 나름 내용도 풍부하고 발표도 잘 진행됐다.

　"그런데 전혀 감동이 없었어요."

　"왜 감동이 없죠?"

　"모든 학생이 판에 박힌 말들만 해요. 마치 자기들이 성인군자가 된 듯이 말하는데 평상시 학생들의 태도는 그러하지 않거든요. 가짜지요."

　아마도 그 선생님은 이런 활동을 통해 학생들이 진지하게 자신을 반성하고 윤리적으로 성장하기를 바란 것 같다. 그렇다면 이 수업은 어디에서 어긋난 것일까? 나는 그분께 다음과 같이 제안했다.

　"사회적 약자라고 하는 피상적인 상황 대신 지금까지 살면서 자신이 사회적 약자라고 느낀 경험에 대해 쓰라고 하면 어떨까요? 예를 들면 공부 잘하는 형을 둔 남동생은 가족 관계에서 사회적 약자입니다. 전교 1등을 하는 학생도 자신이 약자라고 느끼는 영역이 분명 있을 겁니다. 신체나 성격 혹은 환경 때문에 무시당하거나 속상했던 경험들이 있겠지요. 스스로가 사회적 약자로 인식되었던 상황을 떠올려 상대방의 행동이나 말의 폭력성을 적고, 그때 자신의 감정 상태와 어떻게 대접받고 싶었는지를 쓰도록 해보면 어떨까요? 그다음에 내가 누군가에게 사회적 강자가 되었던 상황을 돌이켜보고 자신의 행동을 평가하도록 유도하면 좋을 거 같아요."

그제야 선생님 얼굴이 밝아졌다.

"제가 제시한 주제가 학생들의 삶과 연계되지 않았군요."

아이들이 과제 앞에서 머뭇거리거나 협조하지 않을 때, 협력하지 않고 개별 학습을 고집할 때, 형식적으로 페이지만 채우고 영혼이 들어있지 않을 때는 스스로에게 질문을 하는 것이 필요하다.

'발문이나 과제가 적절한가?'

경험에 의하면 학생들은 '해볼 만한 과제'거나 '꼭 내 이야기 같은 과제'일 때 활동에 적극 동참한다. 그래서 활동 과제를 만들 때는 학생의 근접발달영역을 두드리고 수업과 삶의 맥락을 연계시켜야 한다. 이 두 요소는 어떤 외적 보상보다 큰 학습 동기를 불러일으키고 결과 또한 감동적으로 만들어준다. 무한한 배움의 힘을 가진 코끼리가 스스로 학습과 삶의 중심으로 걸어가게 하는 힘은 바로 이것이 아닐까 한다.

인성교육을 더 하라고?

　흉흉하다. 매일 터지는 사건사고에 자꾸 한숨이 늘어난다. 흉흉함은 불안으로 파고든다. 여혐 운운하면 딸 가진 엄마로 불안하고, 군대 폭력하면 아들 가진 엄마로 불안하고, 학생이 자살하면 교사로 불안하고, 청년 실업 앞에서는 기성세대로 불안하고, 아파트값과 저성장 앞에서는 소비자로 불안하고, 당리당략黨利黨略의 정치 앞에서는 시민으로 불안하고, 테러 소식 앞에서는 지구인으로 불안하다. 내가 위치하는 삶의 맥락마다 불안할 거리가 쌓여 있어 삶은 편치 않다. 문제가 터질 때마다 화풀이 대상을 찾는 우리 사회의 불안은 수시로 학교를 트집 잡는다.

　'선생들은 애들 인성 교육 안 시키고 뭐하나?
　공부만 시키지 말고 인성을 먼저 가르쳐라.
　학생들에게 인성을 가르칠 수 있는

선생의 인성을 먼저 테스트하고,

교사의 인성교육역량을 키워라.

인성 교육을 확대해라.'

이런 말을 들으면 인성이 덜 된 나 같은 교사는 또 열이 난다. 그러나 진짜 열불나는 일은 이런 소리가 아니라 교육계 내부의 대처방안이다. 인성을 걱정하는 사회의 목소리가 높아질수록 학교 현장에서는 인성 관련 공문이 늘어난다. 교사와 학생이 의무적으로 받아야 하는 인성교육 연수의 제목이 하나 둘 늘어간다. 그뿐인가? 학교마다 인성 교육 브랜드를 만들라 하고, 구체적인 성과를 보고하라 한다. 그런 걸 다 하려다 보니 면대면으로 아이들과 이야기를 하던 자율 시간과 담임 시간이 인성 강사(?)의 강연과 모니터의 연수로 팔려나간다. 인성이 무엇인지 과연 우리가 키우고자 하는 인성이 어떤 것인지에 대한 합의와 고민의 시간이 사라지고, 행사와 통계와 보고서로서의 인성 교육 업무만 늘어가고 있다.

그런 공문을 보다 보면 의문이 든다. 그럼 그동안 학교 교육에서는 인성을 저버리고 있었다는 말인가? 지금까지 우리는 교육을 하지 않고 무엇을 하였다는 말인가? 그 많은 수업과 동아리 활동, 체험활동, 학생활동은 다 인성과 무관한 것이었던가?

그들의 논리대로 인성 교육이 따로 존재하려면 그 반대급부로

서의 지식 교육이라는 말이 존재해야 하고, 수업이나 생활지도에서 만나는 인성 말고 별도의 인성이 따로 존재해야 한다. 만약 이런 논리라면 가정에서도 시간을 내서 작심하고 인성을 강조해야 할 것이며, 인성을 위한 별도의 체험 프로그램을 만들고, 객관식 문제를 풀 듯 인성 지식을 묻고, 키를 재듯 얼마나 자랐는가 인성을 측량해야 할 것이다.

'피 한 방울도 들어가지 않은, 오롯이 살로만 1파운드를 떼어가라.'

세익스피어가 쓴 『베니스의 상인』에서 판사가 이렇게 결론을 내린다. 돈을 갚지 못하면 '너의 살 1파운드를 받겠다.'는 고리대금업자에게 돌려준 기막힌 판결이다. 피 한 방울 들어가지 않은 살 1파운드가 불가능한 것처럼 인성 교육이 없는 '교육'은 절대 불가능하다.

우리는 늘 학생들에게 인성 교육을 하고 있다. 학교에서의 모든 교육은 인성 교육이다. 또 어떤 행사와 연수로 인성 교육을 더 하란 말인가? 5개년 경제개발 계획이나 품질 향상 3년 프로젝트처럼 시간을 정해주고 달성 목표를 제시하는 현실 앞에서 인성은 자꾸 냉소와 풍자의 대상으로 바뀌어간다. 교사와 학생 모두 지쳐간다.

아이들은 오늘도 학교에 온다.

선생들은 아이들과 매일 만난다.

그래서 학교에는 매일 사람과 사람의 교육이 살아 있다.

일 더하기 일을 가르칠 때도 교육이 있고, 그릇된 행동을 지적하고 혼을 낼 때도 교육이 이루어지고, 함께 사탕을 먹으며 왁자하게 웃을 때도 교육이 행해지고 있다.

우리가 아이들을 얼굴과 얼굴로, 몸 대 몸으로 만나듯, 교육청과 교사도 그렇게 만나고 싶다. 더 이상 지시일변도의 공문과 성과보고서 제출이라는 종이로 만나고 싶지 않다. 교사들도 인성을 가진 인간으로 대우받고 싶다. 쫌[6].

---

6) 귀찮거나 하기 싫거나 그런 감정을 표현하는 아주 간단하고 함축적인 감정표현 단어

당신이 무엇을 상상하든

학생들이 잔다.

예전에는 교사 몰래 자더니 요즘은 대놓고 자거나 하루 종일 잔다. 하루 예닐곱 시간을 수업과 상관없이 잠잘 수 있으려면 어떤 내공이 필요할까. 예닐곱 시간 동안 수업을 듣는 공력과 비슷한 힘이 들 거란 생각이 든다.

『하류지향』을 쓴 우치다 타츠루는 하루 종일 잠자는 학생의 행동을 단순한 '수업 저항'이 아닌 '주체적인 학습권 포기'로 설명한다. 그에 따르면 어려서부터 자본주의의 시장논리를 체득한 아이는 학교에서의 공부도 마트에서의 장난감 고르기와 같은 매매시스템으로 인식한다.

아이는 교사에게 '당신의 수업이 맘에 들면 구매하겠다.'는 태도를 취하거나 '공부를 하면 나에게 무슨 이득이 있지?'라는 질문을 던진다. 그리하여 '공부란 인내와 성실이라는 엄청난 비용을 투자하고도 결과를 제대로 알 수 없고, 오랜 시간을 기다려야 하는, 리스크가 많은 투자.'로 보는 학생들이 하루 종일 잠자는 것을 선택한다는 것이다. 아주 재미있고 설득력 있는 분석이다.

그러나 정말 아이들이 그런 이유로 공부하기를 거부하는가? 자발적인 학습권 포기라는 것이 실제로 있는가? 경험에 따르면 학생들은 공부하는 것을 싫어하지 않는다. 아이들은 한 줄로 세우는 성적표를 싫어하고, 수업 시간에 자신의 무지가 드러나는 것을 싫어할 뿐이다.

자는 아이들이 일어나 수업에 열중하는 순간이 있다. 자신이 충분히 도전할 수 있는 학습과제가 주어질 때, 자신의 삶과 연계되어 해결할 수 있는 활동이 주어질 때다. 그런 조건이 주어지면 아이들은 스스로도 놀랄 만큼의 학습결과물을 만들어낸다. 그런 걸 보면 아이들이 언제든지 들어오고 싶어 수업 근처에서 기웃거리고 있다는 느낌을 받는다.

요즘 학생활동 중심 수업에 대한 관심이 높아지고 있다. 배움의 공동체, 거꾸로 수업, 하브루타, 비주얼 씽킹, PBL, 메이커 교육 등이 그 분위기를 주도하고 있다. 이들 수업은 모두 교사 대신 학생활동을 수업의 중심에 세운다. 학생의 인지 활동을 도와주는 동영상을 미리 만들어 보여주기도 하고, 모둠활동을 통해 함께 해결해야 하는 다양한 난이도의 활동주제를 제시한다. 학생들은 암기 대신 스스로 고민을 하며 문제를 풀어야 하고,

서로 다른 의견에도 귀를 기울인다. 조금 더디지만 자신의 힘으로 문제를 해결하다보니 '아하' 하는 깨침이 자주 일어나고, 함께 공부하는 친구의 소중함도 자연스럽게 느끼게 된다. 당연히 잠자는 아이들이 줄어든다.

방학 동안 나는 여러 수업 관련 연수를 받았다. 그때마다 정말로 많은 선생님이 더 좋은 수업을 위해 고군분투하고 있음을 느낀다. 무엇보다 자신이 시도한 수업의 실패담을 털어놓고, 오랫동안 준비하였을 학습 자료를 아낌없이 공유하는 모습이 아름다웠다. 그들은 모두 한결같이 말한다.

"학생들은 누구나 배우는 것을 좋아합니다.
경쟁하는 공부보다 함께 나누는 배움을 더 좋아합니다."
연수를 끝내며 나는 '교육의 수준은 교사의 수준을 넘지 못한다.'는 말을 이렇게 바꾸었다.

"교사가 무엇을 상상하든 학생은 그 이상으로 배움을 창조한다."

대표의 자격과 선택의 권리

    학생회장 선거철이다. 3월말이면 초중고 어디나 전교학생회장을 뽑는 유세와 투표가 진행된다. 교문 앞에 플래카드와 손 팻말이 분주히 늘어서고, 어깨띠를 두른 후보와 지지자들이 한 표를 부탁하며 소리를 지른다. 간혹 가면을 쓰고 이벤트를 하는 후보도 있어 교문 앞에서는 웃음이 벚꽃처럼 피었다 진다.

    후보마다 개성 있는 포스터도 붙인다. 학생들의 공약은 어떤 내용일까? 어른들과 비슷하다. 자신이 해결할 수 없는 터무니없는 공약, 장난 같은 공약도 보인다.
  '남학교인데 남녀공학을 만들겠다든지,
  두발 규제를 없앤다든지,
  유명 연예인의 공연을 유치하겠다.'와 같은, 실현가능성이 낮은 공약이 나오기도 한다. 하긴 터무니없는 공약도 뜯어보면 학생들의 의견을 반영하기는 한다. 학생회장 선거 때 단골로 나오는 메뉴가 '화장실 휴지 무한 리필'이었다. '무한 리필'에 초점을 두면 터무니없어 보이지만 '화장실에 휴지를 달라'에 방점을 두면 간절한 공약이다.(어쨌든 덕분에 현재 학생 화장실에 휴지가 제공된다. 무한 리필까지는 아니지만.)

그에 비해 실현가능한 공약을 내는 후보도 있다. 예를 들면 '남녀공학에 대해 공개토론회를 열겠다.'라든지, '두발 규제에 대한 학부모, 교사, 학생의 의결기구를 만들겠다.'는 공약 같은 것이다. 이런 공약은 충분히 실현 가능하여, 학생 후보들의 공약 설명 및 공개토론회를 실시하는 학교가 늘어가는 추세이다. 나아가 학생회장의 공약을 받아들여 학생생활규칙에 대해 전교생들이 함께 논의하고 합의점을 만들어내는 사례들도 생기고 있다. 매우 바람직한 일이다.

일반 학생들은 후보의 공약에 어떤 반응을 보일까? 별로 관심이 없다. 왜냐하면 공약의 차별성이나 진정성이 적다고 느끼기 때문이다. 그래서 투표를 대충할까? 아니다. 그렇지 않다. 선거에 관심이 없던 학생도 투표할 때는 고민을 한다. 그냥 웃겨서, 혹은 친구라서 막 찍어주지 않는다. 누구를 찍을 것인가? 학생들은 투표가 자신의 의견을 표현할 유일한 기회이자 권력이라는 것을 본능적으로 알기 때문에 학생을 위해 일할 후보가 누구인지 고민하고 투표를 한다. 그런 면에서 학생회장 선거는 학생들에게 대표자의 자격과 투표의 힘을 경험하게 하고, 차이를 인정하면서도 설득과 경청을 통해 합의를 만들어가는 민주주의를 배울 수 있는 교육의 장이 된다.

요즘 국회의원 선거를 준비하는 정치권과 후보자들의 모습을 보며 학생회장 선거를 비교해본다. 한마디로 부끄럽다. 학생들은 터무니없는 공약을 말할지언정 교장의 뜻을 받드는 대표가 되겠다고 말하지는 않는다. '국민의 대표'라는 말이 우리가 알고 있는 것과는 다르게 사용되는 것을 보며 화가 난다. 학교에서 실컷 가르쳐본들 실제 보이는 진흙탕의 선거 때문에 학생들이 왜곡된 인식을 가지지나 않을까 걱정이 된다.

그러나 희망을 가져본다. 학생들이 투표의 순간에는 자신의 대표가 될 만한 사람을 골라내듯이 우리 국민들도 본능적으로 그러할 것이라고 믿는다. 자신의 권력을 제대로 쓸 줄 아는 사람만이 남의 권력에 휘둘리지 않는다는 것을 충분히 알고 있으리라 믿어본다.

친구와 함께 책 읽기

얼마 전 00여고에서 주최한 인문학 독서 PT 대회를 볼 기회가 있었다. 동부지역 고등학교 9개 대표팀이 자신이 읽은 책 내용을 프레젠테이션하며 발표하는 시간이었다. 친구와 함께 책을 읽고, 토론하고, 자신의 스토리를 청중 앞에서 발표한다는 점에서 이전과는 다른 신선한 독서 활동이었다. 그때의 감동을 담아 의미를 정리해 본다.

인문학 독서 PT 대회는 다음과 같이 진행된다. 첫째, 친구들과 책을 함께 읽는다. 내용을 분석한 뒤, 논제에 대해 함께 토론한다. 그러다 보면 못 보고 넘어간 내용들을 새롭게 보게 되고, 친구들의 생각도 잘 이해하게 된다. 일명 '눈 밝아지기'다. 혼자 책을 읽다 보면 자신의 인식 체계 안에 검열이 생겨 사고가 정체되기 쉬운데 친구와 함께 읽으니 인식의 경계에서 논쟁이 일어나 인식의 테두리가 확장될 수 있다.

둘째, 책을 매개로 자신의 삶을 이야기한다. 예전의 독후감쓰기는 책 내용이나 작가 이해에 방점이 찍혀 있어, 책읽기도 '받아들이기'와 '이해하기'를 중요하게 여겼다. 하지만 독서 PT 대회는 줄거리나 작가의 의도보다는 책 읽기를 통한 내 삶 '들여다보기'가 강조된다. 솔직히 책 내용은 아주 조금만 나와도 된다. 책은 자신의 이야기를 풀어내는 매개체일 뿐, 발표의 뼈대는 자신의 삶이다. 저자는 자신의 삶을 책으로 표현하고 독자는 그 책을 매개로 자신의 삶을 표현한다. 저자와 독자의 경계가 사라지고 그곳에서 반짝이는 만남이 일어난다.

셋째, 청중 앞에서 모둠끼리 발표를 한다. 동일한 내용을 글로 적어도 충분히 의미 있는 책읽기가 되겠지만 이 행사는 학생들이 역할을 분담하여 직접 파워포인트를 만들어 발표하도록 요구한다. 10분 동안 서너 명의 학생이 연극을 하기도 하고, 청중을 대상으로 주장하기도 하고, 조곤조곤한 목소리로 이야기를 들려주기도 한다. 책 내용을 모르는 청중도 책 속으로 들어갔다가 다시 친구의 삶 속으로, 자연스레 자신의 삶 속으로 들어가게 된다.

나는 그날 대구공고 대표로 참가한 '대공대세'팀을 응원하기 위해 행사에 참석하였다. 인문계 학생들 틈에 낀 유일한 특성화고 팀이라 행여 기죽지 않을까 염려도 되고, 교내 예선에서 보았던 발표자들의 뜨거운 열정이 인문계 학생들에게도 통할지 궁금하기도 했다. 세 명의 학생은 『99℃』라는 책을 소재로 자신들의 꿈의 온도를 솔직담백하게 발표하였다. 특히 중학교 때 최하위 성적이었던 학생이 특성화고에 와서 전교 1등이 되기까지의 성공 스토리를 발표하였을 때는 청중석에서 엄청난 축하와 격려의 박수가 나왔다.

그 환호 속에서 나는 독서 활동이 앞으로 큰 흐름이 될 것이라는 느낌을 받았다. 책을 통해 친구와 만나고 자신과 만나고 나아가 세상을 만날 수 있다는 것이 정말 좋아 보였다. 무엇보다도 책을 지적 유희로 다루지 않아 초등·중학교 및 인문계나 특성화고 학생 등 누구나 참여할 수 있다는 점이 맘에 들었다. 지식보다는 삶이 돋보이고, 책보다는 사람이 빛나는 행사, 그곳에는 '인문학'이라는 이름을 달만한 충분한 이유가 있었다.

침대에 맞춰 몸을 늘리라고요?

1월입니다. 선생님,

새로운 한 해가 시작되었습니다.

1월의 학교는 꽁꽁 얼어 있는 수면 아래 열심히 헤엄치는 물고기 같습니다. 모두 다음 학년도 학교 교육을 구상하느라 바쁘게 움직이니까요. 학교의 지역적 여건, 학생의 소질과 성향, 학교장의 교육관 등에 따라 학교 교육계획은 조금씩 다르지만 모든 학교가 절대 무시할 수 없는 것이 있습니다. 학교 등급을 나누고, 학교지원비와 교사성과급을 차별 지급하고, 결국엔 모든 학교 교육계획을 좌지우지하는 '학교 평가'가 바로 그것입니다. 그런데 이것이 그리 달갑지 않네요.

학교평가가 교사를 슬프게 하는 이유는 평가 기준이 개별 학교의 상황이나 학교 현실을 고려하지 않은 것이 많기 때문입니다. 예를 들면 학생들의 교외체험활동의 경우 얼마나 실질적인 활동을 했느냐보다는 얼마나 많은 학생이 참여했느냐가 기준이 됩니다. 그러다 보니 억지춘향식의 교외 활동을 하고, 수많은 학교가 함께 움직이다 보니 내용이 부실해지기도 합니다. 교사의 원성을 가장 많이 받은 연수의 경우, 교사들은 시간을 채우느라 1년 내내 클릭 운동을 했습니다. 강제 할당된 연수 시간 때문에 교사들은 학생 상담 시간과 수업 준비 시간을 빼앗겼고, 무엇보다 배움의 즐거움을 빼앗겼습니다.

두 번째 평가 때문에 학교교육이 획일화되고, 가시적 성과 중심으로 바뀌기 때문입니다. 그 학교만의 뛰어난 브랜드 교육을 아무리 잘해도 그것은 전체 평가 항목의 한 요소일 뿐입니다. 좋은 점수를 받기 위해서는 창의적인 교육활동을 전문적으로 하기보다는 각 항목에 만점을 받을 정도의 백화점 나열식 교육을 해야 합니다. 점점 학교의 다양성이 사라지고 전문성이 퇴색됩니다. 교사들은 점점 업무가 늘어납니다. 학생들은 겉핥기식 활동에 지칩니다.

선생님은 늘 교육의 본질이 평가로 흔들려서는 안 된다고 말씀하셨습니다. 그래서 우수 학교 포상 대신 여건이 어렵고 힘들어 점수가 낮은 학교에 대폭적인 지원을 해야 한다고 하셨지요. 저도 학교 평가가 선발 고사인 수능 같아서는 안 된다고 생각합니다. 요즘에는 수능과 관계없는 과목은 학생들이 수업조차

하지 않으려 합니다. 공부해야 하는데 왜 힘을 **빼느냐**며 체육 대신 자습을 요구하는 학부모도 있습니다. 수능과 대학입시를 교육의 목표로 오해한 탓입니다. 마찬가지로 학교 평가가 교육의 목표가 될까 걱정이 됩니다.

그리스 신화에는 프로크루스테스(Procrustes)의 침대 이야기가 나옵니다. 강도였던 프로크루스테스는 지나가는 행인을 붙잡아 자신의 침대에 눕히고는 행인의 키가 침대보다 크면 그만큼 잘라내고, 침대보다 작으면 침대 크기만큼 사지를 늘려서 죽였다고 합니다. 마치 사람에게 옷을 맞추지 않고 옷에 사람을 맞추는 격이지요. 학교 평가가 그런 침대가 되는 건 아니겠지요? 침대 길이에 맞춰 잘리고 억지로 당겨지는 사람은 결국은 학생입니다.

얼음장 아래 물고기의 설렘을 전하려던 편지가 안타까운 하소연이 돼 버렸습니다. 하지만 새로 만날 아이들 생각에 다시 가슴이 뜁니다. 선생님도 그러하셨겠지요?

선생님의 수업 공개

학생과 교사가 가장 많은 시간과 정성을 쏟는 시간이 언제일까. 당연히 수업이다. 수업이 중요한 만큼 교사들은 학부모와 동료 교사를 대상으로 자신의 수업을 공개한다.

5월, 대부분의 학교에서는 학부모를 대상으로 수업을 공개한다. 부모는 학생들이 물어다 나르는 정보로 이미 어느 교과, 어느 교사가 어떤 식으로 수업을 하는지 대략 알고는 있지만 늘 자식이 어떻게 수업을 하고 있는지가 궁금하다. 그래서 수업을 참관하는 학부모라면 앞에 서 있는 교사 대신 한 시간 내내 앉아 있는 자녀의 수업태도를 중심으로 보는 것이 좋다. 수업 시간 배움에 적극 동참하는지, 소극적이거나 딴짓을 하는지, 아이의 몸이 수업을 어떻게 받아들이는지를 세밀히 관찰해야 한다.

5월이 아니더라도 선생님들은 한 학기에 한 번씩 동료 교사 간에도 수업을 공개한다. 주로 같은 교과 선생님과 교장선생님, 교감 선생님, 수석 선생님이 수업을 지켜보기 때문에 학부모 공개 수업과는 다른 색깔의 긴장감이 자리한다. 모두들 수업에 관한 전문성을 가지고 있어 경력이 적은 교사일수록 수업지도안 작성과 수업 실행, 수업 후 협의회 등의 일정이 산 너머 산처럼 느껴진다. 대부분 노고를 치하하고 잘한 점을 칭찬해 주지만 그렇다고 수업 공개가 녹록하지는 않다. 모란이 지면 내 한 해는 다 가고 만다는 김영랑의 시구처럼 '수업 공개가 끝나면 한 학기가 다 가는' 느낌이다.

선생님들은 당연히 학부모나 동료교사의 수업 참관이 부담스럽다. 요즘은 사전 연습이나 시나리오 같은 것이 거의 없다. 자기 수업에 대한 자부심이 높기도 하지만 학생들의 생얼을 보여주어야만 심도 있는 논의를 할 수 있기 때문이다. 하지만 살림 잘하는 며느리도 시어머니가 방문하는 날이면 음식 준비에 바짝 신경을 쓰는 것처럼 수업 공개 날이면 학급 청소며, 환경 미화며, 수업 전개에 마음을 졸인다.

평상시 모든 수업을 공개하는 수석 교사들 또한 공개의 부담감을 피해가지는 못한다. 수석교사는 수업 스킬만 보여주는 것이 아니라 수업 준비 과정, 학생들과의 관계 형성, 평가와 피드

백까지도 세세하게 신경을 써야 한다. 대부분의 수석교사는 새로운 수업 설계를 위해서 끊임없이 수업 관련 연수를 받고, 자기 수업에 적용하고 몸에 익히려 애쓰는데 그게 맘만큼 쉽지가 않다. 내가 그 이야기를 하자 젊은 선생님이 묻는다.

"수석 선생님도 수업 공개가 힘드세요?"

"공개가 아니라 수업 자체가 힘들죠. 호호."

이렇게 부담되는 수업 공개를 하는 이유는 뭘까? 학생들이 제대로 공부할 수 있게 하기 위해서다. 학생들이 즐겁게 공부하면서 당당한 존재로 살아가도록 교사, 학부모, 학교, 교육청이 무엇을 해야 할지 고민하고 지혜를 모으기 위해서다. 그러나 한 시간의 수업 공개로 한 교사의 수업을 논하거나 학생들의 수업 태도를 평하는 우를 범해서는 안 된다. 공개 수업이 가지는 함정은 여전히 존재한다. 결국 중요한 것은 공개가 아니라 수업이다.

잘 가르치면 잘 배울까?

며칠 전 친구가 물었다.

"교사가 수업 말고 뭐 하는 게 있나?"

나는 발끈하여 행정 업무와 생활 지도, 담임 역할과 학생 상담, 학교 행사 등 열 손가락을 꼽아가며 교사의 과중한 업무를 토로하였다. 그러다가 잠시 웃었다.

"그래, 교사에게 수업보다 더 중요한 게 있나?"

'교사는 수업하는 사람'이라는 친구의 지적은 타당한 말이다. 교사는 학생과 수업할 때 교사로서의 진짜 보람을 느끼기 때문이다.

모든 교사는 수업을 잘하고 싶어 한다. 하지만 바람만큼 수업을 잘 하기가 쉽지 않다. 예전에 나는 좋은 수업은 잘 가르치는 수업이라고 생각했다. 그래서 학생들이 이해하기 쉽도록 포인트를 쏙쏙 짚어주고, 졸리지 않게 재미있는 이야기와 볼거리를 미리 준비하여 학생들이 내 손과 입에 집중하도록 하였다. 학생들의 교과서에 총천연색으로 정리된 내용을 보면서 흐뭇해하고, 성적이 오르면 나의 교수법에 만족했고, '선생님 수업이 좋아요.'라고 말하면 학생들이 그만큼 훌쩍 자라는 것으로 믿었다.

그러나 해가 갈수록 경청 능력과 집중력이 떨어지는 학생들이 많아지고, 시험 위주의 학교공부에 의문을 품은 아이들이 수업에 흥미를 잃어가는 것을 보았다. 무엇보다 12년 동안 공부를 하고도 생각을 표현하지 못하고, 자신의 행동을 결정하지 못하고, 스스로 자신의 인생을 꿈꾸지 못하는 것을 보면서 의문이 들기 시작했다.

잘 가르치면 과연 학생들은 잘 배울까? 교사 주도의 강의식 수업으로 과연 자기주도적 학습이 일어날 수 있을까? 요즘 나의 생각은 부정적이다. 잘 가르치는 강의식 수업만으로는 '따스하고 지혜로운 주체'를 키워내는 교육의 본질에 도달하기 어렵다고 본다. 많은 교사들이 이미 이런 생각에 공감을 하고 있다. 그래서 새로운 교육학 이론을 공부하고, 공개 수업을 찾아다니고, 다른 교사의 우수 사례를 자신의 수업에 접목하여 새로운 수업을 시도하고 있다. 하지만 학창 시절 배움의 주체가 되어 본 적이 없던 교사들이 학생 활동 중심 수업, 학생 주도적 수업을 진행하기는 생각보다 어렵다. 혼자서 하는 수업 준비는 자주 방향을 잃고, 한계에 부딪혀 힘이 빠진다.

교사들도 함께 배워야 한다. 교사의 배움은 책이나 연수보다 동료 교사들 간의 수업 협의에서 가장 많이 일어난다. 수업 공개는 일회성이라 과정보다는 결과에 치중해 변화를 만들기 어렵다. 그보다는 교사 모임을 만들어 자신의 수업 설계와 진행 과정, 결과를 발표하고 의견을 나누는 것이 더 큰 배움을 맛볼 수 있다. 부족한 것은 동료들의 도움으로 채워나가고, 성공담을 함께 나누다 보면 충분히 자신감을 가지고 지속할 수 있다. 학생들이 협력하는 삶을 배우기를 원한다면 교사도 협력하고 소통하는 삶을 배워야 한다.

교사가 먼저 배움의 주체가 되어야 학생을 배움의 주체로 세울 수 있고, 학생들이 학습의 주도성을 가질 때 '수업'에서 느끼는 교사의 진짜 보람도 확보된다고, 나는 생각한다.

3장

비속어를 위한 변명

버스를 타고 가며 학생들의 말을 들어보면 '개, 씨, 존'으로 시작되는 욕설이 태반이다. 자기들끼리 말하는 것을 트집 잡고 훈계하기도 뭣하지만, 모른 채 듣자니 교사된 자로 맘이 영 불편하다. 비속어는 욕설과 천한 말이다. 그래서 들으면 누구나 기분 나쁘고, 분노와 수치감을 느낀다. 비속어를 들었을 때 이런 부정적 감정이 생기는 이유는 그 말을 한 사람의 마음속에 있는 기분 나쁜 감정과 화, 짜증, 공격성이 민낯 그대로 전달되기 때문이다.

문제아들의 말투였던 비속어를 요즘은 많은 학생들이 일상적으로 쓴다. 물론 모범생들은 수업 시간이나 선생님 앞에서는 거의 안 쓴다. 하지만 모범생이라 불리는 아이들도 저희들끼리 이야기를 할 때는 비속어를 제법 많이 쓴다. 그네들에게 비속어는 말을 시작한다는 출발어이자, 감정을 드러내는 감탄사이고, 그냥 해 보는 관용구이고, 은밀한 동맹관계를 드러내는 은어이다. 너무 익숙해 자신이 그 말을 했는지 인식조차 못하는 경우도 제법 있다. 비속어를 일상적으로 사용하는 아이들은 기분이 나쁘고 화가 나고 짜증이 난 상태라고 보면 된다. '학생들이 왜 비속어를 자주 사용할까?'를 생각하다 '학생들이 왜 자주 화가 나고 짜증이 날까?'를 생각하게 되었다. 학교와 집을 오가는 일상의 그 무엇이 아이들에게 짜증과 화를 불러일으키는 것일까?

학생들이 하루 종일 듣는 말을 생각해 본다. 귀를 기울여 들어도 진도를 따라가기 힘든 문제풀이 수업, 자신들의 이야기를 할 기회는 거의 없고 하루 종일 듣기만 하는 강의식 수업.

짬짬이 듣는 잔소리는 어떤가? '공부 열심히 해라, 말 잘 들어라, 똑바로 해라.' 등이 대부분이다. 그 말들은 분명하고 문맥에 잘 맞는, 간결하고 명령적인 말들로 이루어져 있다. 하지만 지시적인 훈계의 말들이 학생들에게 어떤 느낌으로 들릴지 생각해 본다.

우리나라 아동청소년 행복지수가 세계 최하위임은 익히 알려져 있다. 그나마 초등학생의 행복지수는 높지만 고등학생으로 갈수록 낮아지고 대학입시에 다가갈수록 떨어진다. 물질적 풍요와 좋은 환경에도 불구하고 주관적 행복지수에서는 극단적인 순위를 차지한다. 외롭다고 느끼는 청소년은 OECD 평균 8%인데 비해 우리나라는 17%이다. 삶에 만족하느냐는 질문에는 OECD 평균 85%가 긍정적인 답변을 보이지만 우리나라는 54%이다.

나는 이런 수치가 학생들의 비속어 사용 수치로 환산되어 보인
다. 비속어가 누군가를 향한 외로움과 울분으로 들린다.

  어른들도 일이 제대로 되지 않을 때,
  누군가에게 지속적인 잔소리와 핀잔을 들을 때,
  누구도 자기 마음을 헤아려주지 않을 때,
  혼잣말이든 속말이든 욕을 하게 된다.
  만약 그때 욕설도 못하게 하면 어떻게 될까? 둘 중 하나다.
감당하지 못할 폭력적인 방법으로 표출되든지, 아니면 자기 안
에 터뜨려 자신을 해치든지. 그런 면에서 욕설은 내면의 부정적
감정을 끄집어내 마음을 가볍게 하려는 일종의 자기표출 방식이
고, 더 이상 그 감정에 짓눌리고 싶지 않다는 자기보호 장치이
다.

  나도 비속어가 싫다. 나보고 들으라는 것 같아서 불편하다. 하
지만 아이들이 비속어를 쓸 때 그 말을 보지 말고 그 마음을
보자고 말하고 싶다. 바른 말 고운 말을 써야 한다고 훈계하지
말고 그 아이의 울분을 제대로 들어주자. 바르고 고운 말로도
충분히 감정 표현할 수 있음을 배우도록 어른들이 기다려주고
귀를 기울이자.

칭찬보다 인정

    서울 사는 친구가 대구에 놀러와 근대 골목 투어를 하였다. 동산 의료원에 위치한 청라언덕에서 이야기를 나누고 계산 성당 근처에서 커피를 마셨다. 이상화 고택에서 두루마기 입은 인증샷을 SNS에 올리고 진골목길을 아주 느리게 거닐었다. 친구는 한가롭고 조금은 낯선 시간으로의 초대에 매우 만족해했다. 빠른 속도로 달리는 달구벌대로에서 겨우 한 블록만 건넜을 뿐인데 조용하고 여유로운 쉼터가 존재한다는 것이 대구 시민인 나로서도 신기하고 반가웠다.

    근대 골목 코스가 있기 전에는 대구를 찾는 이들과 마땅히 갈 곳이 없었다. 물론 그때도 계산 성당과 청라언덕이 있었고, 진골목이 있었다. 이상화 고택이 높은 백화점 뒤에 숨겨져 있었고, 미도다방은 그냥 오래된 찻집으로 쇠진해가고 있었다.

그런 면에서 보면 대구의 근대 골목 투어는 '모든 것은 있는 그대로 아름답다.'는 가치를 선연하게 보여주는 여행이다. 낡은 대로, 뒤쳐진 대로, 못 생긴 대로 하나하나 소중하고 귀하다는 것을 새삼 알게 한다. 중요한 것은 그것을 찾아내고 이름 지어주고 인정해 주는 것이다.

학교에서 아이들을 가르치면서도 이런 생각을 자주 한다. 아이들은 자신이 얼마나 소중한 원석인지를 모른다. 학교에 와서 이름이 불리고 자신의 가치를 인정받는 아이들이 얼마나 될까? 학생을 성적이라는 잣대만으로 비교하기 시작하면 일등에서 꼴등까지 모두가 불행하다. 잘하는 아이들은 뒤쳐질까 두렵고, 못하는 아이들은 못한다고 불안하다.

칭찬은 고래도 춤추게 한다고 하지만 잘 할 때만 칭찬 받는 아이는 자기 스스로에 대한 자신감이 별로 없다. 칭찬을 받으려면 앞으로도 계속계속 잘 해야 하는데 그런 인생은 생각보다 힘들고 어렵기 때문이다. 그래서 칭찬보다 인정은 학생을 더 행복하게 자라게 한다. 인정은 '네가 공부를 잘 하면, 이것을 잘 한다면'이라는 전제가 필요 없다. 그냥 있는 그대로만으로도 충분히 가치가 있고 소중하다고 말해주면 된다. 대구의 오래된 골목처럼.

이런 심리는 어른도 똑같다. 어른들도 인정받고 싶다. 칭찬과는 다르다. 무언가를 성취한 뒤에 받는 칭찬은 누구라도 해줄 수 있다. 하지만 뚜렷한 실적이 없어도, 그냥 오늘이 어제와 같은 연장선일지라도 '당신이 있어 고맙다.'는 말을 듣고 싶다. 몇 년 전 중노년층의 인기에 힘입어 큰 성공을 거두었던 영화 「국제시장」의 마지막 장면이 떠오른다.

"아버지 내 약속 잘 지켰지예, 이만하면 내 잘 살았지예, 근데 내 진짜 힘들었거든예."

자식들이 고난을 겪지 않고 자신이 겪은 것만으로도 다행이라고 생각하는 어른 마음속에도 여전히 아이가 있다. 진짜 힘들지만 누구에게도 말하지 못하는 어른들에게 '잘했다.'고 인정해 줄 수 있는 사람은 자기밖에 없다. 아이를 인정하는 것은 어른들의 몫이지만, 어른들은 스스로 인정해 주어야 한다. 있는 그대로 충분히 가치 있다고, 여전히 멋있다고 옆에 있는 사람들과 자신에게 말해 주어야 한다.

내 것 같은 내 것 아닌

 병원에 갔다. 사소한 감기였지만 혼자 해결 못하는 것을 의사는 해결해 준다. 입 한 번 벌리고, 귀에 체온기 한 번 집어넣고, 코에다가 약물 분사하고

 "감기는 약 먹는다고 낫는 것이 아니니까, 푹 쉬고 영양을 취하세요."

 그 의사는 친절했다. 그가 할 수 있는 절대 권력 즉 처방전을 들고 나는 약을 타 왔다.

 돌아오는 길에 권력을, 그의 권력을 생각했다. 그가 불친절하게 나를 대하고 쿡 쑤시듯 코에 분사기를 쑤셔 넣었다면 어땠을까? 나는 그의 권력이 부럽진 않지만, 그가 권력을 함부로 휘두르지 않고 소중하게 베푸는 것이 고마웠다.

 그러다 내가 가진 권력을 생각해 보았다. 교사는 학생들에게 무소불위의 권력을 가진다. 어디 학생뿐인가? 학부모들조차도

애송이 교사에게 꼼짝 못하는 것은 그가 엄청난 권력을 가지고 있기 때문이다. 어찌보면 대통령조차도 교사만한 권력을 행사하지 못한다. 어느 부모가 자식을 볼모로 교사와 파워게임을 벌이겠는가? 그저 '제 자식이 부족하니 선생님의 지도편달을 바랄' 뿐이다.

나는 내 권력에 내가 속지 않고 살기를 바란다. 교사라는 권력은 나의 것이 아니라 다만, 잠시 지니고 있는 것이라고 생각한다. 학교에 찾아오는 학부모들과 이야기를 하다 보면 그들이 얼마나 웅크려 있고 조심스러워 하는지를 느낀다. 그래서 교사가 아니라 같은 학부모 입장에 서려 한다. 우리는 다 자식 땜에 속상하고 내 힘으로 어찌 안 되는 것들 땜에 힘들어하고 있음을 공유한다. 그러다 헤어질 쯤에는 친구 같은 동질감을 나누게 된다.

이러한 태도가 학부모들에게는 친절로 느껴질 수 있겠다. 중요한 것은 상대의 반응이 아니라 나의 맘이다. 권력을 마구 휘두르다 보면 제일 먼저, 가장 많이 상하는 것이 나라는 것을 자주 느꼈기에 조심스러워진다. 친절한 의사도 단순히 고객유치를 위해 그렇게 하는 것은 아닐 거라는 생각을 해 본다.

그러다 내가 지닌 권력이 얼마나 많은지도 생각했다. 엄마라는 권력, 여자라는 권력, 딸이라는 권력, 돈 번다는 권력, 두 다리로 멀쩡하게 잘 다닌다는 권력, 등산하면서 나무를 꺾을 수 있는 인간이라는 권력…. 하나하나 거론하다 보니 내가 정말 큰 권력을 가지고 있다는 생각이 든다. 아, 내가 이렇게 막강한 권력을 휘두르며 살았구나. 마치 당연한 것처럼, 처음부터 내 것인 것처럼, 영원히 내 것인 것처럼 착각하며 살았구나. 온몸을 부르르 떨며 놀란다.

권력은 힘이다. 권력은 그 자체로 상대를 위압한다. 그래서 작은 베풂은 상대를 행복하게 해 줄 수 있다. 그보다 권력을 쥔 사람을 행복하게 해 준다. 권력은 베풀수록 더 힘이 세어진다. 그것이 힘의 논리다. 지방에 자그맣게 웅크리고 사는 나도 아는 이런 힘의 논리를 잘 모르는, 우리 사회의 큰 권력들 때문에 온 국민이 독감을 앓는다고 혼자 투덜거렸다.

처음 책을 쓰는 그대에게

학창 시절 라디오 프로그램 「밤을 잊은 그대에게」를 자주
들었다. 작은 라디오에서 흘러나오는 먼 지역의 소식들은 나를
설레게 했고, 이곳이 아닌 더 낯선 곳을 꿈꾸게 했다. 고등학교
만 졸업하면 이 좁은 곳을 벗어날 거야. 더 훨훨 날아다닐 거
야.

그리하여 나는 어린 시절보다 더 잘 날아다니고 있다.
나는 기술은 나이와는 상관이 없고
몸무게와는 더더욱 상관이 없다.
그냥 날고자 하는 의지만 있으면 된다.
그걸 알기까지 제법 시간이 걸리긴 했지만 그래도 어딘가?
충분히 날 수 있다는 것을 안다는 것 자체만으로도
나는 내가 좋다.

내가 나를 좋아하게 된 여러 계기가 있었겠지만 그래도 확연한 계기를 찾는다면 아마도 책을 쓰면서부터였던 것 같다. 젊은 날에도 무언가 낙서를 하긴 했지만 그게 책이 되지는 않았다. 삼십 대에는 노트북을 구입했다. 책을 쓰겠노라고. 하지만 그 노트북은 폐품이 되어 버려졌다. 일기는 썼지만 책은 못 썼다.

처음으로 쓴 책은 부부여행기였다.
여행지의 방바닥에 누워 혹은 탁자에 기대 그날그날의 일정과 느낌, 소소한 물건 가격 등을 작은 글씨로 메모를 하였다. 그냥 일기를 쓴 셈이었다. 돌아와 컴퓨터 자판을 두드리고 사진을 편집해 글을 완성하면서도 책으로 만들어질 줄은 몰랐다. 누구도 그것이 '책'이 된다는 말을 하지 않았던 탓일까? 컴퓨터 속에 있던 파일이 책으로 둔갑을 한 것은 책쓰기 연수를 받고 나서였다.
"당신도 책을 쓸 수 있습니다."
책쓰기 연수의 핵심은 이것이었다.
책을 쓰기 위한 몇 가지 방법을 배우긴 했지만 중요한 것은 방법이 아니었다.
"너도 할 수 있어."
나를 흔든 것은 바로 이 말이었다.

책쓰기는 정말 별 게 아닌데 책으로 만드니 정말 별 경험이었다. 세상이 달리 보이기 시작했다. 책을 쓴다는 것은 작가가 된다는 것을 넘어서는 무언가가 있다.

뭐랄까.

마음 속 등대에 불을 밝히는 것 같다고나 할까.

머얼리 변치 않고 반짝이며 방향을 알려주는 등대가 있으면
인생이 얼마나 좋겠냐마는
내가 아는 한 그런 등대는 현실에 없고
간혹 내 빛인 줄 알고 다가갔는데 남의 등대인 경우도 있고
등대가 아예 없는 바다를 헤매기도 하고
여기 저기 수소문해 등대를 찾아가기도 했다.

그런데

책을 쓰니

빛이 보이기 시작했다. 아, 그렇구나.

정작 내 안의 등대를 못 보고 그리 안타까웠구나 싶었다.

처음 책을 쓰는 그대에게

나는 말해주고 싶다.

남들의 등대를 보지 말라고

손가락을 들어 온 하늘을 휘둘러

자신의 보조개에 대고

찰~칵 사진 찍는 이쁜 미소처럼

오롯이 그대만 느껴보라고
말해주고 싶다.

고래만 생각하세요

고미숙의 『호모 쿵푸스』는 공부법을 다루고 있는 책이다.

이전에 읽고 서재에 꽂아 두었는데 학부모 강연을 위해 책을 다시 읽었다. 강연의 주제는 '자기주도적 학습'이었다. 책쓰기에 대한 얇은 지식과 경험을 가진 나에게 색다른 주제였다.

자기주도적 학습을 어떻게 이야기해야 할까. 머릿속에서 오래 고민하고 고민하였다. 그냥 책쓰기를 소개하는 것만으로는 마음에 차지 않았다. 그래서 제목을 "책읽기와 책쓰기를 통한 자기주도적 학습"으로 정하고 책읽기의 중요성과 책쓰기의 가능성을 주 내용으로 삼았다.

독서의 중요성은 웬만한 사람들 모두 인정한다. 하지만 좀 더 들어가면 의외로 많은 사람들은 독서 거부증을 드러낸다. 교사와 학부모도 비슷하다. 그들의 생각은 한마디로 말하면 이와 같다.

'독서는 어려서 하는 것이고
학년이 높아지면 독서보다는 공부를 해야 한다.'

이 말을 살펴보면 독서와 공부는 서로 다른 것이다. 유·초등 학부모들은 아이들에게 책을 많이 읽히고 싶어 하고, 중·고등 학부모들은 아이들에게 공부를 많이 시키고 싶어 한다. 이런 이분법적인 사고를 깨야 한다는 것이 내 강연의 핵심이었다. 진정한 공부는 책읽기를 통해 이루어지며 책읽기는 평생, 공부와 함께 이루어져야 한다는 것이다. 그 뻔한 이야기가 강연에 왔던 학부모들에게는 괜찮게 느껴졌나 보다. 단순한 독서 방법론이 아닌 책읽기에 대한 사고의 전환을 경험했다며 고마워했다. 내가 도리어 고마웠다.

아래 글은 그때 강연의 일부분을 글로 옮긴 것이다.

공부는 사람이 할 수 있는 유일한 배움의 발현방식이다. 우리는 공부를 통해 새로운 지식과 기술을 습득하고 바람직한 가치에 대해 질문하고 답을 찾을 수 있다. 나아가 공부를 통해 지금과는 다른 더 나은 사회를 꿈꾸고 더 나은 인간관계를 형성하고 더 나은 지구를 가꾸어 나갈 수 있다. 따라서 우리는 평생 공부를 벗하여야 한다. 아무리 늦은 나이라도 공부를 시작하는 것이 부끄럽지 않은 이유이다.

그럼 공부는 어떻게 하는 것인가? 공부는 자신의 가치를 찾아가는 과정이다. 남의 잣대가 아닌 나의 잣대를 만들고, 남과 함께 더불어 살 수 있는 가치를 만들고, 인간뿐만 아니라 이 우주 속에서의 자신의 가치를 발견할 수 있는 방향으로 이루어져야 한다. 단순히 학교 성적을 위해서, 취업을 위해서, 돈을 위해서 하는 공부는 즐거운 공부가 될 수 없다.

　　공부는 독서가 늘 동반되어야 한다. 독서가 왜 중요한지는 모든 학부모들도 다 안다. 해리포터를 책으로 읽은 학생이 영화로 만든 해리포터를 보며 실망하는 이유는 자신이 경험한 상상력과 복잡한 스토리 구조를 영화가 전부 담아내지 못하기 때문이다. 독서는 학생들의 무한한 상상력을 키워내고, 풍부한 어휘력을 키워주며, 나아가 책을 다 읽었다는 성취감을 준다. 책을 읽는 아이의 두뇌에서 이루어지는 다양한 정신적 정서적 활동을 상상해 보면 독서가 얼마나 유용한 것인지를 잘 알 수 있다.

　　그러나 안타깝게도 이 시대의 독서는 여전히 성적에 매여 있다. 어렸을 때 독서를 많이 한 학생들도 중고등학생이 되면 책 읽을 시간이 없다. 그저 암기하고 계산하고 시험문제 풀기에 매여 스스로 생각하고 반성하고 상상하고 꿈꾸는 시간을 빼앗겨 버린다. 고등학생이 소설책을 보고 있으면 대다수 학부모와 교사들이 호통을 친다.

　　"지금이 어느 땐데 책이나 읽고 있느냐?"

　　그들에게 독서는 공부가 아니다. 오로지 성적을 위한 공부만 공부이다. 그래서 그들은 독서도 성적에 보탬이 될 때만 유용하다. 논술을 위한 요약본이 나오고, 논술을 위한 필독서가 나온다. 심지어 독서활동에 기록하기 위한 독서활동도 많다. 주객이 한참 전도되었다.

공부는 평생 해야 한다. 공부를 성적으로 치환시키는 사람들이 자주 하는 말이 있다.

'공부는 때가 있다.'

'고등학교 삼 년이 평생을 좌우한다.'

'봐라, 저 옆집 아저씨는 고등학교 때 열심히 공부해서 좋은 대학가고 좋은 직장 구해 지금 저렇게 편하게 부자로 살지 않느냐?'

그러나 삼 년 공부로 전 인생을 보상받기에는 너무 오래 산다. 평생직장은 이제 옛말, 살면서 직업을 서너 번은 바꾸어야 할 시대에 우리는 살고 있다. 공부에는 때가 있다는 말은 지나간 시대의 추억일 뿐이다. 이제 공부는 평생 해야 한다. 사회가 바뀌고 기술이 변하고, 문화가 달라지는 만큼 우리는 평생을 걸쳐 배워야 한다.

평생 하는 공부, 그 공부의 근간이 책읽기이다. 책읽기는 눈앞에 보이는 실질적 성과물을 보고 하는 것이 아니라 자신의 꿈과 소망을 찾아가는 긴 여정이다.

그날 강연에서 학부모들에게 일본 광고 동영상인 '고래'를 보여 주었다. 동영상 내용을 요약하면 다음과 같다.

"여러분의 마음속에 떠오르는 것을 그려보세요."

선생님의 지시에 초등학생들이 도화지에 그림을 그린다. 그런데 한 아이의 그림이 이상하다. 종이 가득 검은색만 칠해 놓았기 때문이다. 그 이후로 아이는 계속 그림을 그리지만 온통 검은색이다. 무엇을 그리고 있는지, 왜 그렇게 그리는지 알 수 없는 부모와 선생님들은 아이를 병원에 입원시킨다. 병원의 전문가조차도 아이의 그림을 이해하지 못하지만 아이는 계속해서 검은 색으로 그림을 그린다. 그러던 어느 날 아이를 관찰하던 간호사가 그림에서 작은 단서를 발견하고 아이가 그린 수백 장의 그림을 넓은 바닥에 펼쳐 놓는다.

"아!"

아이가 그린 그림은 고래였다. 검은색 등이 꿈틀대듯 살아있는 거대한 고래였던 것이다. 아이의 그림이 고래로 밝혀지는 마지막 장면을 본 객석에서는 아! 소리가 들렸다. 감탄이자 탄식의 소리였다. 아, 나도 내 아이의 그림을 전혀 이해하지 못하고 있는 것은 아닐까. 아이의 창의력을 나의 선입견과 틀로 가로막고 있지는 않았을까.

그들에게 물었다.

"어머니, 당신의 아이들에게 고래가 있을까요?"

"네."

라는 대답이 약간 나왔다.

"그럼 어머니, 여러분의 마음속에는 고래가 있나요?"

그랬더니 많은 사람들이 웃었다.

"아니요, 없어요."

그날 나의 강연은 이렇게 끝을 맺었다.

"어머니, 책읽기, 책쓰기 그딴 것 다 잊어버리시고
어머니 맘속에 있는 고래만 생각하고 돌아가세요."

엄마와 같이 읽는 책

　방학이라 근처 도서관에 갔다. 도서관은 오전이라 사람이 많지 않아 쾌적하였다. 사람마다 도서관에서 노는 코스가 다르겠지만 나는 어린이도서실을 자주 찾는다. 그곳에 놓여있는 아기자기한 소파의 눈맛도 좋고, 얇은 두께의 동화들이 내 수준에도 제법 잘 맞기 때문이다.

　나는 동화책을 옆에 쌓아두고 마치 어린아이가 된 기분으로 책을 읽어나갔다. 그러다 다섯 살쯤 되는 아이에게 책 읽어주는 엄마의 목소리에 집중을 하게 되었다. 낮은 소리였지만 엄마는 인물에 따라 어조를 달리하면서 아주 재미있게 책을 읽어주고 있었다. 아이는 이야기를 들으면서 이따금 맑고 청량한 소리를 내어 웃었다. 나에게는 그림이 보이지 않았지만 엄마의 소리만으로도 이야기는 참 재미있었다. 그렇게 듣다 보니 책 읽어주는 엄마의 행동이 보이기 시작했다.

　아이는 엄마 옆에 앉아 있고
　책은 엄마의 손에 들려 있다.
　글자 읽기에 몰두한 엄마는 아이가 그림에서 눈을 떼지 않았
는데도 책장을 넘겨버린다. 읽다가 질문도 한다.
　"재밌니? 이 그림 좀 봐, 예쁘지?"
　그러면 아이는
　"응, 아냐."
로 짧은 대답만 한다. 가끔
　"이 강아지가 어떤 마음이었을까?"
와 같은 아주 훌륭한 질문을 해 놓고도 아이의 대답을 기다리
지 않고
　"참 슬펐겠다. 그치?"
　하고 엄마가 대신 대답을 한다. 한 권을 다 읽으면 책을 덮고
　"아까 여자애가 어디로 갔지?"
라고 묻는데 내용 확인 차원의 질문이 많다. 그런 질문이 국어
선생인 나에게 불편하였다.

　엄마가 아이에게 책을 읽어주는 것은 아주 좋은 교육이다. 그
것만으로도 좋은 일이지만 그래도 독서에 관심 있는 국어 선생
(이것도 직업병이다.)의 입장에서 약간의 제안을 하고 싶다.

책 읽을 때 주도권을 아이에게 주면 좋겠다.

아이가 그림을 다 본 뒤에 스스로 책장을 넘길 수 있게 하고, 궁금한 점을 아이가 먼저 질문하도록 유도하고, 질문이 책 내용을 벗어나더라도 아이의 말을 경청해 주는 것이 좋다. 책을 읽을 때 아이의 관심 영역은 어른들의 그것과는 다르다. 왜 그 부분에 관심이 가는지, 어떤 일이 생각나는지, 그때 자신의 감정이 어떠했는지 책을 매개로 아이가 자신을 표현할 수 있도록 기다려주면 좋겠다.

"강아지가 몇 마리 나왔을까요?"

라고 묻지 말고

"이 강아지는 무슨 생각을 하고 있을까?"

라고 물어주자.

"네가 강아지면 어떻게 할 거야?"

"왜?"

"강아지처럼 속상한 적이 있었니?"

"그랬구나. 속상했구나."

엄마와 함께 책 읽는 시간은 내용을 확인하는 시간이 아니라 아이의 맘을 확인하고 아이가 맘껏 말을 할 수 있는 시간이 되어야 한다.

예전의 책 읽기가 '집어넣기'라면 요즘 책 읽기는 '끄집어내기'를 중요하게 여긴다. 저자의 메시지를 정확하게 찾아내는 것보다 책을 계기로 자신의 내면 메시지를 찾아내도록 지도하는 것이다. 특히 엄마와 함께 읽는 책일수록 내용 이해보다는 아이가 감정을 표현하고 상상력을 발휘할 수 있도록 속도를 늦추어주는 것이 좋다. 결국 엄마는 많이 읽어주기보다 많이 들어 주어야 한다.

아이에게 책 읽어 주기가 얼마나 힘든지 안다. 침대 옆에서 책을 읽어주다 보면 나는 졸고 아이는 말똥말똥해져, 결국 '오늘은 그만 읽자.'며 아이를 다그친 기억도 많다. 그래도 돌이켜 보면 육아에 서툴고 힘들어했던 내가 그나마 잘한 것이 아이와 같이 책을 읽고, 잠자리에서 책을 읽어준 것이었다. 그건 잘한 일이었다.

손 놓아주기

학생들에게 '자식은 부모에게 효도를 해야 하는가?'라고 물어보았다. 거의 100%의 학생이 그렇다고 말한다.

"왜 부모에게 효도를 해야 하는가?"

라고 묻자, 이번에는 답이 조금씩 나뉘었다.

"낳아주고 길러주었으니까."

"마땅히 그러해야 하니까."

"인간의 기본 도리이니까."

라는 답이 많았고, 한두 명이

"그래야 재산을 물려줄 테니까."

라고 말해 웃기도 했다.

"그럼 언제까지 효도를 해야 할까?"

라고 물었더니 대부분 돌아가실 때까지라고 말한다.

"그럼 무엇이 효도인가?"

라고 물었더니 정말 다양한 대답이 나왔다. 그러나 결국은 취업해서 부모님을 봉양하고 가족을 이루어 건강하게 잘 사는 것이라는 쪽으로 의견이 모아졌다. 나는 그 의견에 쾌히 맞장구를 쳤다. 나뭇가지에 온통 연두빛 새잎이 돋아나듯, 아이들은 부모님에 대한 감사의 마음으로 빛나고 있었다.

부모들의 마음도 같을 것이다. 부모가 된 자 중에 나중에 효도를 받겠다는 생각으로, 불확실한 노후를 대비한 보험 같은 투자처로 자식을 키우는 사람은 없다. 부모는 다만 금쪽같은 자식들을 배불리 먹이고 건강하게 홀로 살아갈 능력을 가진 사람으로 자라도록 뒷바라지하는 마음으로 자식을 키운다. 친구들과 잘 어울리면서 기죽지 아니하고, 자신이 맡은 일을 책임감 있게 해 내고, 소질에 맞는 일자리를 잡아 자신이 그러했듯이 한 가족을 이루며 행복하게 살아가길 바란다.

그런데 학생들과 이야기해 보면 학생들을 가장 힘들게 하는 존재가 가족인 경우가 많다. 자신에게 가장 아픈 말을 한 사람, 미운 사람을 적어보라고 했을 때 놀랍게도 그 대상이 대부분 가족이다. 아이들은 자신의 가능성을 부정하거나 가치를 인정하지 않는 말이나 자신의 말을 전혀 들어주지 않는 부모의 태도에 상처를 많이 받았다. 물론 아이들은 '다 너를 위해 하는 말'이라는 부모의 말이 타당하고 진심어린 것임을 안다. 하지만 부모라는 이유로, 사랑이라는 이름으로 행해지는 간섭과 강제, 억압과 금기의 틀에 아이들은 생각보다 많은 상처를 입고 아픔 속에 갇혀 있었다.

자식은 누구나 부모에게 효도하려 하고, 부모는 누구나 자식을 잘 돌보려 한다. 그러나 부모의 눈높이가 지나치게 높아 자신의 잣대만 강요하면 자식은 원치 않음에도 불효자가 되어 버린다. 그래서 "자식을 불효자로 만드는 것은 부모"라는 말이 있나 보다.

나 또한 그랬다. '내게서 태어났지만 스스로 지존한 존재'로 자식을 보아야 한다고 무수히 들었지만 수시로 잊고 불끈 화를 쏟아내고, 내 기준으로 평가하고, 내 욕심에 충족되기를 소망하였다. 다행히도 아이들은 내 품안에 머물기를 거부하고 조금씩 날아가고 있다. 한때 오롯이 내 보살핌의 대상이었던 아이들이 저희들 세상을 하나둘 만들어가고 있다. 홀로서기가 때로는 부족해보이고 안쓰러워 보이지만 이제는 거리감에 익숙해지려 한다.
가정의 의미를 한 번 더 돌이켜보는 오월,
아이들이 어른이 되는 것이 쉽지 않듯
부모가 자식의 손을 놓아주는 것도 쉽지만은 않다는 느낌이 든다.

낯섦으로 빚는 설렘

설이 지나갔다.

농사와 상관없이 사는 도시인들의 체감 달력으로는 새해가 지나고도 한참이 지난 뒤에 오는 설날이 어중간한 시간일 수 있다. 하지만 설을 보내야만 한 살을 보탠 것 같고, 진짜 무언가가 시작되는 느낌이 드는 것은 나만이 아닐 것이다.

설의 어원은 무엇일까. '낯설다'의 '설'로 보기도 하고, 새로 선다는 '선날'의 변형으로 보기도 하고, 말이나 행동을 삼가고 조심하는 날이라는 한자어 신일愼日에서 온 것으로 보기도 한다. 어떤 것이든 설은 새로운 시작으로 설렘을 동반한다.

조선 헌종 때 정학유丁學游가 지은 가사 「농가월령가農家月令歌」7) 정월령에는

---

7) 예로부터 전해오는 농사와 세시풍속 등에 관한 행사를 월별로 나누

"일년지계一年之計 재춘在春하니 범사凡事를 미리 하라. 봄에 만일 실시失時하면 종년終年 일이 낭패되네."라는 구절이 있다. 한 해가 시작되었으니 미리미리 준비하여 때를 놓치지 말라는 경구이다. 어디 농사뿐이겠는가. 새로 입학하는 아이들, 상급 학년으로 올라가는 아이들, 또 한 번의 도전을 위해 준비하는 아이들, 학교를 졸업하고 직장으로 출근하는 아이들 모두 그러하리라.

그래서 설 이후의 2월은 준비하느라 은근히 바쁘다. 첫아이가 초등학교에 입학할 때가 기억난다. 아이는 학교 간다는 기대로 수시로 가방을 메 보고 날짜를 세곤 했다. 하지만 엄마는 설렘보다 걱정이 더 컸다. 아이가 선생님과 잘 지낼 수 있을지, 친구들과 안 싸우고 다닐지, 학교 공부에 흥미를 보일지 이것저것 신경이 쓰였다.

그랬던 날들이 엊그제 같은데 막내가 대학에 입학하여 처음으로 집을 떠난다. 낯선 환경에서 살아갈 아이가 걱정되는 걸 보니 부모 마음은 아이만큼 성장한 것 같지는 않다. 덩치도 크고, 제 스스로 잘 하고는 있지만 멀리 떠나는 자식을 맨 마음으로 툭툭 떠밀기에는 아직 단수段數가 부족한가 보다. 그런 부모 맘과는 달리 자식은 타지 생활과 독립으로 인한 기대감이 더 커

어 알려주는 가사

보인다. 그래서 2월이 제일 짧은지도 모르겠다. 너무 걱정하지 말라고, 그냥 첫발을 내디디면 된다고, 다 잘 될 거라고 찡긋하는 듯하다.

새 학기, 새 선생님, 새 친구를 만나는 3월이다. 온통 낯선 것들 앞에서 학생들의 얼굴은 새로 산 교복처럼 살짝 굳어 있다. 평상시 시끌벅적하던 교실도 조용하다. 이런 마음은 벌써 이십년 넘게 새 학기를 맞이하는 교사도 마찬가지다. 그러나 낯선 것은 설렘으로 다가오는 법. 드넓은 우주 속에서 선생과 학생으로 만나는, 이 어마어마한 인연을 곰곰이 생각해 보면 가슴이 뜨거워진다. 올 한 해 나와 함께 수업하고, 수다 떨고, 몸으로 부대낄 아이들, 세상 어느 나무보다 더 푸르게 빛나며 자랄 아이들, 그 고마운 인연이 감사할 뿐이다.

신천 강변에 늘어진 버드나무는 잎도 나지 않았지만 색깔이 달라져 있다. 나무도 황금빛 연두로 빛나는 3월을 기다리며 설레나 보다.

고사告祀와 고사考査

아침저녁으로 찬바람이 불면서 들판마다 마지막 추수의 손길이 바쁘다. 국민 대부분이 농부였던 몇십 년 전, 시골에서 자란 나는 11월 말경이면 할머니가 고사를 지내는 풍경을 자주 보았다. 깨끗하게 목욕재계한 할머니는 집안 곳곳에 불을 밝히고 커다란 시루 가득 떡을 쪄 한 해 농사를 도와주신 신들에게 절을 하고 소지燒紙를 태우는 고사를 지냈다. 할머니의 정갈한 고사가 끝난 칼바람 치는 늦은 밤에 온 마을을 돌아다니며 뜨끈뜨끈한 시루떡을 나누어 드리는 일은 나의 몫이었다.

이 고사告祀를 '상달 고사'라 불렀다. 상달은 음력 10월을 의미하고, 고사는 떡과 음식을 차려놓고 신명에게 지내는 제사를 의미한다. 상달 고사는 상고시대부터 우리 민족이 시월에 올리던 제천의식이 내려오면서 축소된 것으로, 몇십 년 전만 해도 웬만한 농가에서 쉽게 볼 수 있는 풍경이었다.

고사는 감사의 의례다. 추석이 그해 처음으로 수확한 신성한 곡식으로 자연과 조상에게 드리는 감사의 의식이라면, 상달 고사는 추수가 모두 끝난 뒤 다시 한번 천지의 모든 신명들과 집안의 수호신들과 농사를 도와주었던 동네 이웃에게 감사하는 겸허 의식이다.

농사가 어디 농부의 노력만으로 되는 것이던가. 올 한 해도 무사히 농사를 지었으니 풍년이면 풍년인 대로 흉년이면 흉년인 대로 하늘과 바람과 땅과 물에 감사하고 가족과 이웃에게 감사하고 이 우주의 모든 존재에 감사를 올린다. 이런 고사를 통해 농사로 거둔 수확물은 나만의 것이 아니라 주변 사람과 함께 나누는 것이 되고, 천지에 되돌려주는 것으로 다시 자리매김하게 된다.

우리 시대의 가장 큰 고사考査, 수능이 지나갔다. 한 번의 고사를 위해 학생들은 짧으면 1년 길게는 4~5년을 노심초사하며 살았다. 그 긴 여정에 격려와 위로의 박수를 한껏 보낸다. 정말 애썼다. 시험 성적이 잘 나오든 그렇지 않든 결과에 상관없이 큰 시루에 팥떡을 뜨겁게 쪄서 모여 앉아 나누어 먹고 싶다. 가장 애쓴 수험생에게 제일 두꺼운 떡 조각을 건네주고 수험생을 위해 말없이 정성을 바친 학부모, 교사에게도 큰 조각으로 나누어 드리고, 봄·여름·가을·겨울 학생의 성장을 도와주고 기다려준 천지만물에도 뚝 떼어 바치고 싶다. 고수레! 하면서. 학생들은 이미 알고 있을 것이다. 나의 것이라고 여겼던 것이 사실은 모두의 뒷받침과 기원으로 얻은 것임을.

거리마다 수능을 끝낸 수험생으로 활기차다.

한여름 오롯이 초록으로만 보이던 나뭇잎 속에 저리 다른 빛깔들이 숨어 있었듯이 수능이라는 계절이 지나자 학생들은 자신만의 색깔과 모양을 가진 그 무엇으로 바뀌고 있다. 11월의 거리마다 금빛 날개가 보인다. 자신이 몸 붙이고 살던 나뭇가지에서 힘껏 박차고 날아오르는 희망의 날개. 크기가 아니라 빛깔로 날아오르는 학생들은 앞으로 배운 것을 세상에 나눠주고 되돌려주는 공부를 하게 될 것이다.

이제 막 고사告祀를 지낸 농부처럼.

배움을 놓아주다

　방학이다. 방학은 놓을 방放, 배울 학學으로 된 단어이다. 방
放은 놓아주다, 쫓아내다, 석방하다의 의미이고, 학學은 의식적
이고 목적지향적인 배움, 즉 학교 수업을 의미한다고 볼 때 방
학은 배움에서 석방되는 시기라 부를 수 있다. 방학이 즐거운
이유는 놓여남에 있다. 딱히 놀러갈 계획이 없어도 괜찮다. 아
침에는 늦잠을 자고, 삼시 세끼를 서너 시간 늦추어 챙겨먹기도
하고, 저녁에 골목에 나와 친구들과 놀기도 하고, 그냥 생각 없
이 게으르게 지낼 수 있어서 좋다.

　요즘 아이들에게 방학은 그리 즐거운 것이 아닌 것 같다. 학
교에서 하는 보충수업, 학원에서 하는 선행학습, 부모의 손에
끌려 다니는 체험학습으로 학생들은 여전히 바쁘다. 여행조차
배움의 연속이다. 좋아서, 그냥 놀러가고 싶어서 가는 것이 아

니라 그 지역의 역사와 문화를 배우기 위해, 기행문을 쓰기 위해 여행을 간다. 그러다보니 아이들의 방학계획서는 새로운 스케줄과 도달해야 하는 목표들로 가득 찬다. 학교에서의 배움이 학교 밖으로 이동하였을 뿐 아이들은 배움에서 전혀 놓여나지 못하고 있다.

공부는 학습이다. 학學은 새로운 것을 접하여 받아들이는 것이고, 습習은 배운 것을 자신의 삶 속에서 생각하고 실천하여 자기 것으로 익히는 것이다. 따라서 학교에서 배운 것을 마냥 외우는 공부는 여전히 학學이다. 학學은 교사 주도로 즉각적으로 이루어지지만 습習은 학생 주도로 서서히 일어난다.

자전거에 빗대어 보자. 자전거를 탈 때에도 이론은 금방 배울 수 있지만 나머지는 넘어져가며 혼자 익혀야 한다. 처음에는 배운 지식대로 흉내내다 이내 자신의 몸에 가장 잘 맞는 동작을 발견하고, 바람결에 움직이는 몸의 중심과 지면의 결, 자전거 바퀴의 소리를 듣는데 집중한다. 자전거 타는 법을 익힌 아이는 어느 순간 배움을 벗어난다.

이제 방학의 의미를 다시 돌아보자. 방학은 학學에서 놓여나 습習하는 시간이다. 배운 것을 되씹고, 정말 그러한지 의구심을 갖기도 하고, 스스로 궁구하면서 '아하' 하는 깨침의 환희를 느끼는 시간이다. 익힘習은 배움을 놓아줄 때 비로소 가능해진다. 익힘을 위해서는 시간이 필요한데, 그 이전에 배우기만 하던 수동적 위치에서 스스로 익히는 능동적 자세로 옮겨가는 데도 시간이 필요하다. 방학이 되면 계획적이던 아이도 목표 없이 빈둥거리고 멀뚱거리는 이유가 여기에 있다.

한여름 들녘의 곡식들은 농부의 손길을 별로 필요로 하지 않는다. 땡볕 아래 제 힘으로 뿌리를 키우고 몸집을 불리면서 안으로 자신을 채워가기 때문이다. 아이들의 마음도 방학동안 자란다. 부모들이 답답해하고 걱정스러워 하는 멀뚱거리는 시간에 아이들은 그동안 배우느라 돌보지 못했던 자기 내면을 들여다보고 있다. 그러니 적어도 방학 동안만은 아이들을 배움에서 놓아주었으면 좋겠다. 배움에서 놓여 자신을 움켜쥘 수 있도록.

권선징악과 해피엔딩

두 편의 영화를 연달아 보았다.

하나는 일제 시대를 배경으로 반민족 행위자를 처벌하는 내용이고, 또 하나는 오늘날을 배경으로 부당하게 힘을 남용하는 인물을 처벌하는 내용이었다. 촘촘한 스토리 구성과 개성 넘치는 캐릭터들, 화려하고 실감나는 액션이 합해져 속이 후련하였다. 무엇보다 권선징악과 해피엔딩에 대한 기대감을 무시하지 않아 다행이었다.

부당한 힘과 선의 갈등 구조는 요즘 영화에만 국한된 것은 아니다. 우리가 잘 알고 있는 고전소설에도 이런 갈등 구조는 단골이다. 흥부놀부의 갈등은 겉으로는 형제간의 갈등으로 보이지만 사회경제적으로는 계층 간의 빈부갈등이다. 예의염치를 알고 인간성은 좋지만 경제적으로 무능력한 흥부는 당대의 몰락양반이나 매품을 팔아서 연명할 수밖에 없는 빈농을 대표한다.

그에 비해 종이에 음식명을 써서 제사상을 차리는 놀부는 자본의 힘을 누구보다 잘 아는 신흥부농을 대표한다. 가난한 흥부가 놀부의 핍박을 이겨내고 행복하게 살 현실적 수단은 딱히 보이지 않는다. 당시의 물리적 현실로 봐서는 '그리하여 흥부는 쫄딱 망하여 불행하게 살았답니다.'로 끝나야 하지만 소설에서는 비약이 일어난다. 현실논리가 아닌 가치논리가 들어오기 때문이다.

흥부전의 해피엔딩은 돈으로 만들어지지 않는다.
오히려 자본의 반대편에 있는 인간성 회복이 열쇠가 된다.
흥부는 살아있는 생명의 소중함을 아는 사람이고,
부당한 침해를 좌시하지 않는 의로운 인물이다.
제비를 잡아먹으려는 뱀을 쫓아내고,
다친 제비를 정성껏 치료해주는 인물이다.
자신도 가진 것 없는 약자지만
자기보다 더 어려운 형편에 처해 있는 존재에 대해
따스한 관심을 보여주는 인물이다.
이것은 중요한 상징이다.

권세의 횡포는 현실적 리얼리티로 나타나지만 그에 대한 저항은 늘 희망의 판타지성에 근거한다. 요즘 학생들은 제비가 박씨를 물어다주고, 박속에서 금은보화가 쏟아지는 결말에 대해 웃는다. 현실적으로 불가능하지만 당시 민중들의 소망을 반영한 전기傳奇적 요소 정도로 분석하고 만다.

정말 그럴까? 판타지성으로 따지면야 요즘 영화들도 고전소설에 뒤지지 않는다. 첨단 과학이론으로 무장하고 있지만 여전히 인과성은 불확실하다. 중요한 것은 왜 여전히 판타지성 비약이 필요한가이다.

얼핏 보면 세상은 돈이 최고인 듯하다. 그러나 여전히 대다수 사람들은 옳고 그름을 판단하며 살고 있고, 돈으로 대체할 수 없는 소중한 무언가가 존재한다는 믿음을 가지고 산다. 그래서 계란으로 바위치기 같은 도전을 하고, 옳음을 증명하기 위해 목숨을 걸며 싸우기도 한다. 관객이 영화 속 영웅들에게 박수를 보내는 이유는 그 믿음을 확인하고 싶어서일 것이다.

영화를 보며 권선징악과 해피엔딩을 희망하는 나는 구세대인지도 모른다. 하지만 나는 그런 희망을 버리기가 싫다. 어쩌면 우리가 잘 알지 못하는 어느 지점에서 마치 거짓말처럼 그런 희망이 이루어지고 있을지도 모른다는 생각을 하며 영화관을 나섰다.

알아들을 수 있게 말해 줘

얼마 전 수원에 갔다가 육교 위에 '수원 花城 축제'라고 적힌 현수막을 보았다. 수원을 대표하는 건축물이자 유네스코 세계 유산인 화성을 모르는 사람이 없겠지만 저렇게 한자로 적어 놓으면 읽지 못하는 사람들이 제법 있을 거란 생각이 들었다.

이런 표기 방식은 일간 신문에서도 자주 보인다. 10월 2일 영남일보 1면에는 '靑-金 부산회동'과 같은 국한문혼용표기가 표제와 부제에만 여덟 번 보인다. 물론 웬만한 한자 실력을 가진 사람들은 불편함을 거의 느끼지 못한다.

하지만 '現 고1'이나, '한판 붙는 軍'을 읽을 수 없는 사람도 분명히 있다. 혹 이렇게 말하고 싶은 분들이 계실 것이다.

"그 정도 한자는 읽을 줄 알아야 하는 거 아냐? 한자 공부 좀 더 하지."

그렇다면 입장을 바꾸어 생각해 보자. 요즘 젊은이들이 일상적으로 사용하는 신조어 중 몇 개만 소개한다. 복세편살, 버터페이스, 듀나, 더럽, 심멎, 단호박, 위꼴샷. 이 중 몇 개의 단어를 이해할 수 있는가? 번연히 한글로 쓰여 있되 전혀 알지 못하는 단어를 마주 대하는 심정은 어떠한가? 이 낯선 단어들 앞에서 잠시 멍해졌다면 옆에 있는 학생이나 젊은이들에게 한 번 물어보라. 그들은 아주 익숙하게 가르쳐줄 것이며, 간혹 웃을 것이다.

"이것도 모르세요?ㅋㅋ"

내친 김에 또 다른 예를 보자. 요즘 신문지상에 '오픈 프라이머리'라는 단어가 오르내렸다. 과연 무슨 뜻인가? '프라이머리'(primary)는 '예비 선거'라는 뜻으로 '오픈 프라이머리'(open primary)는 투표 자격을 당원으로 제한하지 않고, 무소속 유권자나 다른 정당원에게도 투표할 수 있는 자격을 개방하는 방식을 말한다. 그런데 프라이머리는 '1라운드, 축하쇼'의 '라운드, 쇼'와 같이 우리에게 익숙한 영어가 아니다. 한글로 써 놓았지만 뜻을 알 수 없는 외국어다. 읽을 순 있지만 의미 해석은 안 되는 이런 표기 앞에서 또 멍해지는 사람들이 있을 것이다.

위의 세 가지 예시는 형태는 다르지만 동일한 언어적 맥락에 있다고 본다. 거칠게 표현하면 셋 다 '나는 말한다. 네가 알아먹든 말든 상관없이.'라는 인식을 바탕에 깔고 있다. 그것은 일종의 군림이고 폭력이다. 소리는 누구나 낼 수 있지만 소리가 언어가 되기 위해서는 듣는 이가 이해할 수 있는 형식을 갖추어야 한다. 나만 아는 형식으로 말하면 상대가 알아들을 수 없고, 상대만 이해하는 말을 하면 듣는 내가 답답하다. 그때 우리의 말은 보이지 않는 유리벽에 부딪혀 튕겨나간다. 공감하고 이해하는 말이 아니라 짜증나고 단절되는 소리만 윙윙거린다.

우리 사회는 가뜩이나 의사소통이 안 되고, 세대 간 단절이 심한 편이다. 그런 단절감이 위의 사례들로 표출된다. 이때 내가 하는 표기는 '다 너희를 위한 것'이고 너희가 하는 표현은 '다 장난 같은 짓거리'라고 말하면 소통은 더욱 멀어진다. 누구나 읽을 수 있고 누구나 이해할 수 있는 표현법이 분명히 있다면 우리는 가장 쉽고 기초적인 것으로 표현해야 한다. 그것이 눈높이를 맞추는 것이고, 이해를 하는 것이다. 아이들에게 자꾸 이해를 요구해서는 안 된다. 이해는 아이들을 향한 어른들의 몫이기 때문이다.

인공지능과 송화다식

선생님, 오랜만이지요?

어찌 지내시는지요?

황사와 미세먼지 때문에 일 년에 며칠 날리는 송화 가루마저 밉상이 되고 있습니다. 어렸을 때 먹었던 송화다식이 요새 자꾸 기억납니다. 기억은 옅어 무슨 맛이었는지 언어로 표현할 수 없는데 이상하지요. 감각만 남아 있습니다. 그 이야기를 하니 학생들이 낯선 전설처럼 웃습니다.

저는 한동안 우울하였습니다. 4차 산업혁명을 키워드로 한 SF 영화와 강연을 너무 많이 봤거든요. 저의 수용의지와 상관없이 세상은 이미 4차 산업혁명의 한복판을 지나고 있는 것 같습니다. '딥 러닝'하는 인공지능들은 정말 빠른 속도로 발전하고 있습니다.

초기에는 인간들이 낮은 수준의 인공지능을 가르쳤는데 이제 기계 스스로 학습하고, 기계가 기계를 가르치기도 합니다. 잘 아시다시피 인공지능은 잠도 안 자고, 많은 양을 빨리 습득하고, 익힌 것은 절대 잊지 않습니다. 심지어 스스로 필요한 것을 찾아서 통합하고, 새로운 것을 창작하고, 기계끼리 협력도 합니다. '못하는 게 뭐야.' 싶습니다.

기계의 학습 속도를 보며 인간인 저는 씁쓸해졌습니다. 곧 기계가 우리를 추월할 거라는, 어쩌면 기계의 지배를 받을지도 모른다는 우려 때문입니다. 인간의 뇌를 닮은 기계들이 어느 날 사춘기의 중2들처럼

"나를 내버려 둬, 나는 당신들의 부속품이 아니야."라며 반항하는 질풍노도의 미래가 올 것만 같습니다. 이런 걱정을 하니 친구가 "미래 걱정을 당겨서 한다."며 웃습니다. 선생님도 웃으시는지요?

그러다 오늘 햇빛 맑은 하늘을 오래 바라보았습니다. 하늘은 파랗게 거기 있었습니다. 연두에서 초록으로 바뀌는 나뭇잎들이 바람에 흔들리며 묻습니다.

"그러면 기계가 완전히 인간에게 복속되고, 인간이 기계의 주인 노릇을 한다면 걱정이 없겠니?"

잠시 머뭇거렸습니다. 생태계의 제왕인 것처럼 살고 있는 인간들이 만능의 기계까지 휘하에 두고 살면, 그때는 모두 행복하

다고 느낄까요? 아니면 그때도 여전히 불만족스러워 다투고 불안해할까요?

『사피엔스』의 저자 유발 하라리는 과학 기술의 발전으로 '자연선택의 법칙이 지적 설계의 법칙으로 대체'되고 있다고 주장합니다. 즉 유전공학, 사이보그 공학, 비유기물 공학의 발전으로 인간의 신체뿐만 아니라 인간의 능력과 욕망까지 설계하고 선택할 수 있는 시대가 온다고 합니다. 하지만 그는 '발전과 인간의 행복은 별도의 문제'라고 말합니다. 40년을 살든, 120년을 살든 인간의 행복 문제는 여전히 남는다는 것이지요.

그의 말을 되새기다 오늘에서야 제가 4차 산업혁명을 핑계로 진짜 물어야 할 질문들을 옆으로 제쳐 두었다는 생각이 들었습니다. 기계를 부리든, 기계의 부림을 당하든 인간의 정체성과 지향성 탐구는 여전히 우리 인간의 몫이라는 것을 깨달았습니다. 설령 사이보그가 되어도 우리는 물을 것입니다.

'나는 누구인가?', '나는 왜 존재하는가?'

선생님,

인공지능에 대한 저의 불안이 전설처럼 우스워지는 날도 오겠지요. 말로는 잘 표현이 안 되는, 희미한 감각의 불안에 대해 어느 봄날 글을 쓸지도 모릅니다. 아마 그날에도 송화는 노랗게 날리고 있지 않을까요?

   선생님과 차를 곁들인 송화다식을 나누고 싶을 뿐입니다. 봄
입니다.

한여름 밤의 꿈

왕이 있었다.

왕은 늘 백성을 배불리 먹이고 평안하게 살도록 통치하고 싶었다. 하지만 구중궁궐에서는 백성들이 어떻게 살고 무엇을 원하는지 잘 알 수 없었다. 신하들은 매일 새로운 정책과 사건을 가져왔지만 자신의 심기를 건드릴까 사실 그대로 보고하는 것 같지는 않았다. 물론 다이렉트로 올라오는 상소문도 있고, 가끔 암행을 가기도 했다. 하지만 저잣거리를 마음껏 돌아다닐 수도 없었고, 행여 백성을 만난들 뻔한 어천가御天歌만 들을 뿐이었다.

고심하던 왕이 무릎을 쳤다.

가만히 앉아서 천리 밖 소리를 들을 수 있는 말을 찾아낸 것이다. 딱 한 문장이면 가능했다. 이후 조정에서 법령을 논의할 때도, 다른 나라와의 무역이나 외교를 다룰 때에도, 삼남 지방에서 일어난 홍수 대책을 세우려 할 때도 왕은 오로지 한마디만 하였다.

"아랫사람은 무어라 하던가?"

6조 판서들은 예전 같으면 관료들끼리 결정할 문제에 대해서도 아랫사람의 의견을 묻기 시작했다. 물론 어떤 것은 답을 정해놓기도 했다. 물어봤자 오랜 경륜을 가진 전문가 의견보다 더나은 것이 별로 없었다. 화급을 다투는 사안일 때 이 방법은 아주 불편하기 짝이 없었다. 의견 수렴이라는 절차는 시간이 오래걸림에도 결론이 안 나기 일쑤였다. 하지만
"얼마나 물어보았소?"
하고 빤히 쳐다보는 용안을 신경 쓰지 않을 수가 없었다.

8도 관찰사는 육조에서 내려 보내는 공문 끝에 달려있는 "꼭아랫사람들의 의견을 수렴하여 올릴 것"이라는 문구를 유심히살폈다. 윗선에 잘못 보여 좋을 일은 없었다. 몇몇 관찰사들은
"저 무식한 것들이 뭘 안다고 묻는단 말인가?"라며 얼굴을붉히기도 하였지만 녹봉을 받아먹는 사람이 자기 맘대로 결정할수 있는 것은 별로 없었다. 군수들을 닦달할 수밖에.

군수들은 아예 수시로 행장을 꾸렸다. 각 고을 현령들을 모아 관찰사의 뜻을 전달하고, 가끔은 들판에서 농부들과 함께 막걸리를 마시며 어느 마을에 효자가 있는지, 혼기를 놓친 총각들이 얼마나 되는지를 들었다. 군수가 자주 고을로 오자 고을의 실제 갑인 현령들의 몸가짐이 조심스러워지고 언사가 부드러워졌다. 지주 마음대로 머슴을 곤장 치던 일이 줄고, 송사와 민원이 급격히 줄었다.

돌이 아비는 논일을 하다 혼자 누런 이를 드러내며 웃었다. 성 참봉네 마름이 올해 소작료가 줄었다는 소식을 가져왔기 때문이다. 들리는 소문에 의하면 현령이 지주들을 모아놓고 "잘들 하시게."라고 말하며 손가락으로 위를 가리키던 날 이후부터 뭔가 분위기가 달라졌다고 했다. 누가 그런 명을 내렸는지는 알 바 아니지만 소작료를 덜 낸다는 사실에 괜히 입가가 실룩거렸다. 내일은 간만에 아들 돌이를 데리고 천렵川獵이나 할까. 뜨끈하게 삶긴 옥수수를 입에 물리고 돌이 녀석 등의 때라도 씻겨야겠다. 깊은 물살에 가서 어푸어푸 개헤엄이라도 하며 한나절 쉬어도 좋으리라.

돌이는 배가 불렀다.
"천천히 먹거라. 오늘은 뭘 하였누?"
하며 아버지가 밥을 덜어 돌이 그릇에 얹어주었다. 아버지는 기분이 좋아 보인다. 무슨 일인지는 모르겠지만 지금처럼 늘 아버지가 기분이 좋았으면 하고 졸린 눈으로 돌이는 생각했다. 졸린 귓가에 옆집 할매 목소리가 들린다.

"참외가 다네. 돌이네도 맛 좀 보시게."

심청전

    옛날 한 마을에 눈이 멀어 아무것도 보지 못하는 양반이 살았습니다. 그의 성은 심이요, 이름은 학규, 동네 사람들은 그를 심 봉사라 불렀습니다. 심 봉사는 어려서부터 너무 가난하여 죽으로 겨우 끼니를 때우며 살았습니다. 가난이 지겨웠던 심 봉사는 돈을 벌어 눈을 뜨겠다는 일념으로 밤낮을 쉬지 않고 일을 하였습니다.

    심 봉사에게는 딸이 하나 있습니다.

    딸의 이름은 청입니다. 어려서부터 청이는 심 봉사의 눈이 되고, 심 봉사의 손발 역할을 하였습니다. 청이는 또래 아이들처럼 장난치고 놀기 좋아하면서도 정성껏 아버지의 수발을 들었고, 누구에게나 밝고 환한 웃음을 주는 아이였습니다.

    심 봉사는 부지런하였고, 잘살고 싶은 욕심이 많아서 점점 부자가 되었습니다. 부자가 되면 눈도 뜰 수 있으리라 믿었습니다. 그런데 어느 날 돈으로도 눈을 뜰 수 없다는 말을 들었습니다. 심 봉사는 인정할 수가 없었습니다.

"눈만 뜨면 더 좋은 것을 보고, 더 맛난 것을 먹고, 더 행복해질 수 있는데…. 아, 눈만 뜬다면, 눈만 뜰 수 있다면."
날마다 주문처럼 중얼거렸습니다.

청이는 그런 아버지가 안타깝습니다. 눈을 감고 조용히 마음을 모으면 세상이 환하게 빛으로 다가옵니다. 귀를 기울이면 바람결마다 새순이 돋고, 만물이 깨어나는 소리로 가득합니다. 눈을 감고 보면 세상은 모두 아름답습니다. 따스하고 말랑말랑한 찐빵처럼 행복한 마음이 가슴속에서 서서히 피어오릅니다. 문득 손을 내밀어 잡으면 사람들은 제 흥으로 가벼이 흔들리는 나뭇가지처럼 환하게 웃습니다.
그러나 아버지는 그것을 보지 못하고 듣지 못하고 느끼지 못합니다. 자신이 봉사라는 사실에 집착하여 실제 눈에 보이는 것만이 전부인 줄 압니다. 청이는 그런 아버지가 너무 마음 아픕니다.

심 봉사는 점점 거칠어졌습니다. 눈을 뜰 수 없다는 사실에 더 탐욕적으로 바뀌어 이웃에게 행패를 부리고 가난한 자들에게

냉혹해졌습니다. 인생의 목표가 오로지 돈밖에 없는 사람처럼 돈이 되는 일이라면 무슨 일이든 하였습니다. 그런 아버지를 지켜보던 청이는 어느 날 정한수로 목욕재계하고 사당에 들어갔습니다. 조상님들 앞에서 울며 기도를 하였습니다.

"아비가 눈을 떠 더 이상 욕심으로 괴로워하지 않게 하소서. 아비가 밝은 세상을 볼 수 있게 도와주소서."

청이는 지극한 마음으로 기도하였습니다.

인당수로 가는 배가 출발하였습니다.

심 봉사는 보이지 않는 눈으로 딸을 찾았지만 다른 곳을 보고 있었습니다. 바다에는 안개가 가득하여 하늘과 바다가 한 빛으로, 어디가 삶인지 어디가 죽음인지 구분이 되지 않았습니다. 거친 물살로 배는 휘청거렸습니다. 청이는 뱃전에 앉아 눈먼 아버지를 생각합니다.

"아버지, 눈을 뜨시옵소서. 아버지, 눈을 뜨시옵소서. 이 세상 진짜를 보는 눈을 뜨시옵소서."

청이가 떠난 뒤에도 심 봉사는 여전히 눈이 안 보입니다. 하지만 바닷가에는 신비한 소문들이 떠돌기 시작했습니다. 인당수 바다 위에 큰 연꽃이 피어 있다고. 그 연꽃은 낮에는 활짝 피어 빛으로 환하고, 밤에는 잎을 오므려 기도하는 모습이라고. 인당수 심청이 같다고.

탐욕과 이기로 눈먼 기성세대 때문에 많은 학생들이 세월호에서 목숨을 잃었다. 그 아이들은 우리가 죽인 '심청'이다. 이 글은 그들에게 바치는 애도와 참회의 글이다.

의심과 질문의 인문정신

"인문학이 뭐냐?"

너나할 것 없이 인문학을 말하니 평상시 책이라곤 안 보던 사람이 궁금해졌나 보다. 그가 다시 물었다.

"인문학을 담당하는 교사가 있나?"

그 말을 들으며 인문학에 대한 오해와 편견이 사실은 개념의 오해에서 비롯되었다는 생각이 들었다.

국어사전에는 인문학을 '인간의 언어, 문학, 예술, 철학, 역사 따위를 연구하는 학문'이라고 풀이하고 있다. 인문학을 학문의 하위 개념으로 보면 인문학을 한다는 말은 특정 영역의 공부를 한다는 것이며, 특정 과목의 특정 활동을 한다는 것이 된다.

인문학의 판세가 거세다. 숟가락 얹듯이 여기저기 인문학을 거론하고, 자본가와 정치가들조차 인문학을 거론하며 함께 유행을 탄다. 교육 현장에서도 온통 인문학 구호가 휘날린다. '읽기 전에는 죽어서도 안 되는' 부담스런 고전 목록 100선을 필독서로 강제하고, 인문학 행사라는 이름으로 강연에 동원한다. 강연마다 플라톤과 공자가 쌍으로 불려 나오고, 근대 산업 시대의 군주론이 리더십의 이름으로 활개를 친다. 그런데 그런 인문학이 나만 그럴까? 자꾸 불편하다.

오해 없는 소통을 위해 나는 '인문학'과 '인문정신'을 구분해서 써야 한다고 생각한다. 현재 우리가 원하는 것은 학문으로서의 인문학이 아니다. 자신의 삶을 되돌아보고 문제제기하는 능력으로서의 '인문 정신'이다. 그렇다면 인문정신은 무엇인가?

인문정신은 '나'를 성찰하는 힘을 말한다. 즉 자신의 욕망을 들여다보면서 나답게 살아가는 힘, 나와 타인의 존재를 인정하며 공생의 가치를 추구하는 힘을 가리킨다. 그동안 '나'를 덮고 있던 온갖 이념과 논리, 제도와 문화, 체제와 고정 관념들을 의심하고 질문하는 정신이다. 이런 의심과 질문을 통해 진짜 나다운 삶을 창조해내는 정신이다.

인문정신은 그 자체로 존재하는 것이 아니라 학문이나 정치, 경제, 교육, 예술이라는 활동을 통해 구현되는 그 무엇이다. 인문학이 형식이자 대상이라면 인문정신은 내용이고 가치이다. 인문학이 과목이라면 인문정신은 과목 속에서 찾아내는 삶의 역량이다.

한때 유행하던 스타일, 한때 마음을 사로잡던 취향도 알고 보면 '내 것'이 아니라 '내 것으로 오인되는 것'들이었다. 복제의 시대, 사람들은 외형적인 스타일만 따라하는 것이 아니라 자신의 마음, 가치, 신념 또한 누군가가 미리 만들어놓은 틀을 가져다 쓰기 시작했다. 나라고 생각한 것들이 어느 순간부터 내가 아니었다. 같은 아파트, 같은 구조의 가구 배치에서 같은 시간대 같은 드라마를 보는 저녁 시간처럼 내 삶의 고유성과 내 삶에 대한 선택권이란 것은 판타지가 되고 만다. 내가 선택한 것인 줄 알았는데 실상은 내 선택이 아니었다.

복제와 광고의 삶에서 벗어나 자신을 찾고 되돌아보는 것이 바로 인문학의 영역이다. 인문학은 그래서 자본과 영합하지 않고 배고픈 어리석음의 영역에서 버림받은 상태로 오래 지냈다. 실생활에 별로 보탬이 되지 않는다는 이유로 한 편에서는 버림받았지만 한편에서는 그 이유로 살아남았다. 일개 물건 정도로 쓰일 도구가 아니라 천지의 도구였기에 인문학은 저 홀로 존재할 수 있었다.

스티브 잡스의 인문학은 인간의 삶을 생각하는 기술의 추구라는 이름을 가졌지만 결국은 자본의 논리와 이익추구라는 시스템을 강화하는 역할을 하였다. 자본가의 인문학은 차라리 솔직하기는 하다. 정치가들의 인문학은 인문학적 수사들로 가득 차 있어 속내가 잘 보이지 않는다. 교육 정책으로서의 인문학에 자꾸 가시눈을 되는 것도 그 때문이다. 너나없이 인문학을 말하지만 장미는 사라지고 장미의 이름만 남아있다는 느낌이 자꾸 든다.

　　인문정신은 묻는다.
　　과연 이것이 나인가?
　　아니, 나라고 규정짓는 것이 가능한가?
　　의심은 항상 질문으로 나온다.
　　정답 찾기만 가르치는 학교교육이 과연 옳은 것인가?
　　가장 오랜 시간 공부하고
　　가장 오랜 시간 일하는 나라가 과연 바람직한 것인가?

　　인문학은 그런 면에서 양날의 칼이라 할 수 있다. 아니 어쩌면 제일 먼저 자신을 베는 위험한 칼이라 할 수 있다. 인문학은 '너'나 '우리'를 말하는 것이 아니라 '나'를 말하는 것이기 때문이다. 나는 제대로 살고 있는가? 이 질문이 인문정신의 핵심이 아닐까 한다.
　　내가 보기에 인문정신과 교육 정책은 한 배에 탈 수가 없다. 인문정신이 추상이 아닌 개인으로서의 삶을 들여다보고, 우리가 아닌 '나'의 행복을 거론하는 학문이라면 정책은 '구체적 개인'이 아닌 '존경하는 국민 여러분'을 대상으로 삼고, 개별 존재로

서의 다양성보다는 '우리가 남이가.'라는 무리의식에 기대어 산다. 정책이 상명하달과 수직의 시스템을 좋아하여 '까라면 까.'라는 명령어로 존재하는 것이라면 인문 정신은 '왜 까야 하나요?'라고 묻는 의심과 질문으로 존재한다.

전국 각지에서 인문학의 이름을 달고 철학 강연과 인문고전 읽기, 토론과 발표 대회가 진행되고 있다. 누가 묻는다.

"그 외의 어떤 행사가 가능하냐?"

내가 보기에 그 질문이 가장 비인문학적이다. 인문정신은 행사로 모실 수 있는 분이 아니다. 인문정신은 유위有爲가 아니라 무위無爲의 자리에 있다. 그래서 학생들에게 굳이 인문 고전 읽기를 하지 않아도 된다. 새삼스레 동서양의 철학자들을 대거 소환하여 그들의 개념들을 주입하지 않아도 된다.

오히려 학생들에게 현재 자신의 삶을 왜곡하고 부정하고 있는 것들을 눈 부릅뜨고 바라보도록 해야 한다. 세계에서 가장 오래 공부하면서도 행복하지 않은 이유를 묻고, 주어진 명령과 논리에 대해 '과연 그러한가?' 의심하고 질문할 수 있도록 허용해야 한다.

의심과 질문은 굳이 행사를 필요로 하지 않는다.

인문학에 공부의 길을 묻다

　인문학을 공부하는 사람들이 늘고 있다. 특히 중년의 열기가 뜨겁다. 친구들도 『논어』, 『명상록』과 같은 책을 읽고, 좋은 구절이나 느낌을 SNS를 통해 공유한다. 예전 같으면 어려워 손도 못 대던 책을, 바빠서 엄두도 못 냈다던 친구들이 공부를 한다. 침침한 눈을 비비며 밑줄 그어가며 책을 읽는다.

　이 현상을 어떻게 해석해야 할까? 『피로사회』를 저술한 한병철 교수는 우리 사회의 인문학 열기의 원인을 경제적 양극화와 정체성의 위기에서 찾는다. 돈이라는 절대 반지를 찾아 떠난 인생의 원정길이 끝이 없어 보이고, 절대반지를 얻으면 정말 행복해질 것인지 의구심이 생기기 시작했다는 것이다. 부와 성공을 위해 열심히 달려 왔고, 경쟁의 레이스에서 뒤처지지 않으려 주변도 돌아보지 않고 살아왔지만 왠지 그 인생이 친정으로 나를 위한 것 같지가 않다. 피로하고 초조한 중년의 얼굴이 거울 속에서 묻는다.

이게 최선일까?

그 갈증과 의문 끝에 인문학 공부는 위치한다.

중년의 인문학 열기는 현재의 삶에 대해 의심을 하고 '진정한 나란 무엇인가?'라는 질문을 던진다는 점에서 일반 여가 문화나 자기 계발과는 다른 의미를 가진다. 물론 인문학을 통해 보다 효율적인 인간관계를 만들기도 하고, 자신의 주장에 설득력을 얻으려는 사람도 있다.

하지만 진정한 인문학은 말 그대로 '인간다움'에 대한 질문과 해답의 공부다. 인문학을 통해 얻는 것은 스펙이 아니라 꾸미지 않은 자신의 '생얼(민낯)'이다. 생얼을 만나면서 그동안 애지중지 해 온 인식과 잣대들이 나를 가두는 틀 중 하나였음을 알게 되고, 자신의 민낯이 사실은 그동안 찾아왔던 가장 아름다운 얼굴임을 알게 된다. 이런 이유로 늦바람 든 중년은 공부와 사랑에 빠진다.

나이 들어 새롭게 공부에 빠진 중년을 보며 나는 우리 아이들의 공부를 생각한다. 지구상에서 가장 오랜 시간 공부(?)하는 우리 학생들의 공부맛을 생각한다. 진학과 취업을 위해 모든 질문과 의심을 훗날로 유예하도록 강요받는 이 아이들이 마주칠 중년을 생각한다. 박노해 시인은 그의 시 「행복은 비교를 모른

다」에서

　나의 행복은 비교를 모르는 것
　나의 불행은 남과 비교하는 것(중략)

　나의 행복은 하나뿐인 잣대에서 자유로워지는 것
　나의 불행은 세상의 칭찬과 비난에 울고 웃는 것

　이라 노래한다. 80년대 노동운동가였던 박노해 시인이 전 세계를 여행하며 체득한 행복에 대한 작은 메시지다.

　하나뿐인 잣대에서 자유로워지는 방법은 세상에 많은 잣대가 있음을 아는 것이다. 세상의 칭찬과 비난에 흔들리지 않고 자본의 탐욕스러운 질주 안에서도 천천히 호흡하고 여유 있게 걷는 내공은 공부에서 나온다. 우리는 이 공부를 인문학이라 부른다. 그런 의미에서 인문학은 단기완성이나 고액과외로 할 수 있는 공부가 아니다. 평생에 걸쳐 자기 스스로 찾아가는 공부이자, 자신의 존재를 확인하는 행복을 맛보는 흥겨운 놀이이다.

한가위에 보내는 감사

추석이다. 추석은 그해 처음으로 거둔 햇곡식과 햇과일로 조상들을 모시는 감사의례다. 물론 농사야 사람이 짓고, 내 논의 벼는 내 손으로 키웠지만 천지신명이 돕고, 보이지 않는 무수한 것이 함께 도와주지 않는다면 어찌 내 입에 밥이 들어오겠는가? 올해 수확한 정갈한 첫술을 '내 입'에 먼저 넣지 않고 '덕분'인 존재들에게 바치는 감사의 명절, 한가위가 다른 명절에 비해 더 풍성한 이유는 바로 여기에 있지 않나 싶다.

나는 이번 추석 키워드를 아예 감사에 맞추어놓기로 했다. 추석 전날 시댁에 가서 전을 부쳤다. 시어머니께서 미리 시장을 보고 정리를 해놓으셨다. 내가 반죽해서 재료를 갖다 주면 커다란 전기 프라이팬을 둘러싼 아이들이 전을 굽고, 남편이 뒤집개를 가지고 씨름을 한다. 남자가 부엌에 들어가면 안 된다는 생각을 십 년 전쯤부터 버려야 했던 시어머니는 이제 애지중지하는 손자가 밀가루 반죽을 덮어쓰며 오징어 튀김하는 것을 안쓰럽게 지켜보신다. 말리고 싶으셨을 게다. 당신이 살아오신 것과 점점 달라지는 세태를 수용하는 것은 쉽지 않은데 그걸 해주시는 시어른들이 감사하다.

추석 당일에는 큰댁에 가서 차례를 지냈다. 매년 그랬듯이 한가득 음식을 차려놓고 같이 절을 한다. 예전에는 남자들만 했던 절이었지만 이제는 여자들도 절을 하고 술을 올린다. 말로 안 하면 귀신도 모른다며 큰 소리로 말하라 농담이 오가면 집집마다 묻어둔 바람들이 하나씩 올라온다.

"조상님, 올해 우리 딸 꼭 인 서울 해야 합니다."

"조상님, 울 아들 공익 받았는데 수성구청서 일하게 해 주이소."

그러면 모두들 다른 집 사정도 알게 되고, 소원도 함께 빌어준다. 차례상에 앉아 '인 서울, 수성구청' 같은 낯선 현대어들을 기억하느라 분주하실 조상님들과 함께 서로의 소원을 빌어주는 친지에게 감사를 드렸다.

차례를 지낸 뒤 큰동서는 음식을 약간 덜어 대문밖에 가지런히 놓아둔다. 행여 추석상을 받지 못한 나그네 귀신들을 위해서다. 칠곡의 어느 아파트 19층 엘리베이터 옆에 놓인 음식을 누가 먹는지 나는 모른다. 하지만 몸이 안 좋은데도 차례 음식을 일일이 준비한 맏며느리 큰동서님, 그분의 책임감과 헌신으로 온 식구들이 제사를 지내고 지나가는 귀신까지 배불렸으니 이 땅의 맏며느리들은 무조건 감사한 분들이다. 형님. 설거지는 제가 할게요.

추석이 교통 체증을 동반하듯이 다른 일상들이 한꺼번에 한곳에 모여 만드는 명절의 불편함과 긴장은 어찌할 도리가 없다. 하지만 오랜만에 온 식구들이 모여 함께 밥을 먹고, 부모와 조상님들께 인사를 하고, 조카들에게 용돈을 주고, 오며가며 길가의 코스모스를 보았다. 아이들이 어른들에게 인사하는 법을 배우고, 하고 싶은 것을 참고 함께 하는 법을 익히고, 누군가의 헌신이 만드는 풍요로움도 알게 되었다. 무엇보다 '한가위만 같아라.' 이 말이 무엇을 의미하는지 조금씩 알아가는 맛도 있었다. 그래서 추석에게도 감사의 인사를 건넨다.

이제 먼데서 온 사람은 먼데로 돌아가고, 잠시 비웠던 일상들이 돌아온다. 취업과 진학의 가을이 본격적으로 시작될 것이다. 떠남으로써 돌아올 수 있는 일상이 있는 것, 이 또한 감사할 일이다.

쉰에 생각하는 효

5월이다. 어느 달인들 기념하는 날이 없겠느냐마는 오월만큼 풍성하지는 않다. 어린이날, 어버이날, 스승의 날, 그리고 수학여행, 소풍, 예상하지 않은 임시 공휴일까지. 참 곱고 소중한 이름의 기념일인데 가장들의 지갑은 떨린다. 하나같이 돈이 앞장서야 폼나는 소비의 시대에 살고 있는 우리들은 축하와 감사의 계절이 부담스럽다. 한둘밖에 없는 자식들에게 빈궁의 미학을 이야기할 수도 없고, 나이든 부모에게 청빈의 사랑을 내밀기도 그렇다.

이래저래 꽃들은 속절없이 피어나는데 가족의 달이라 불리는 오월, 쉰의 나이에 효를 생각해본다.

'신체발부 수지부모身體髮膚受之父母'

216

효경에 나오는 말이다. 효경은 오래도록 효의 이치와 중요성을 강조해온 책이다. 이 책에 의하면 효의 시작은 부모에게 받은 몸을 훼손하지 않는 것이고, 효의 끝은 후세에 이름을 드날려 부모를 드러내는 것이다. 우리가 알고 있는 많은 효자들의 이야기에는 아픈 부모를 위해 자신의 손가락을 자르기도 하고, 늙은 부모를 봉양하기 위해 자식을 땅에 묻기도 하는 극단적인 경우들이 많다.

내가 그저 자식이기만 했을 때는 이런 효자들의 이야기가 감탄스럽고 대단하다고 느껴졌었다. 하지만 이제 자식을 키우는 부모가 되어 보니 효자 이야기가 부담스럽다. 물론 이 시대에도 그런 효자들이 여전히 있다. 부모를 위해 자신의 신장을 떼어주는 자식들도 있고, 묵묵히 병수발을 하기도 하고, 부모가 즐거워할 것들을 미리 알아 행하는 숱한 효자들이 있다.

그러나 이런 미담들이 나올 때마다 우리 사회 한켠에서는 무수한 자식들이 불효를 행하고 있음을 우리는 알고 있다. 부모를 학대하는 자식, 재산 때문에 형제간 불화가 끊이지 않고, 가난과 외로움에 홀로 죽어가는 늙은 부모들의 이야기를 종종 듣는다.

학생들에게 물어 보았다.
"자식은 부모에게 효도를 해야 하는가?"

그러자 한 아이가 이야기를 한다.

"저는 효의 논리가 이제는 사회복지 논리로 바뀌어야 된다고 생각합니다."

"어떤 의미지?"

"단지 자신의 부모만 모시는 차원으로 접근해서는 안 됩니다. 부모의 문제가 아니라 노인의 문제이니까요."

그 아이의 말에 내 의견을 보태 설명하면 다음과 같다.

효도는 대가족 중심의 농경 사회에 가능한 가족 이데올로기이다. 함께 살면서 같은 농사일을 하고, 평생 가족 단위로 살아가던 그 시대에는 가장 중요한 것이 효의 논리다. 나이들어 스스로 자립할 수 없는 부모는 당연히 자식이 봉양해야 하고, 그들 또한 자식의 봉양을 받으며 늙어간다.

그러나 현대는 가족의 구성단위가 바뀌고 평균 수명이 대거 늘어났다. 핵가족을 넘어 일인 가구가 늘어나고 출산율이 세계 최저인 오늘날, 우리 사회에 '부모 봉양은 자식의 몫'이라고 획일적으로 강요하기는 무리이다. 늙은 부모 봉양을 더 이상 자식의 몫으로, 효도라는 이름으로 강요하기 어려운 사회가 되었다. 예순의 자식이 팔구십의 부모를 봉양하고, 40대의 손자가 그 부모와 조부모의 봉양을 맡기가 어려운 사회가 되었다.

늙은이를 봉양하는 것을 가정에서 '효'라 부른다면 사회에서는

‘복지’라 부른다. 한 자녀 가정이 늘고 자식 없는 가정이 늘고
결혼하지 않는 청춘이 늘고 있다. 그렇다고 늙지 않는 도리도
없다. 그러하니 이제는 ‘노인 봉양’을 ‘사회복지’의 측면에서 풀
어야 한다. 내 부모만 봉양하는 것이 아니라 모두 함께 노인을
봉양하는 확대된 효가 사회복지 시스템으로 절실히 필요한 시대
이다.

　더 이상 효라는 가치가 불필요하다는 말이 아니다. 효라고 하
는 속 알갱이가 달라져야 한다는 말이다. ‘내 아이’만 돌보는 양
육 방식이 ‘우리 아이’를 돌보는 양육 시스템으로 바뀌고, ‘내
부모’만 봉양하던 효의 방식이 ‘우리 부모’를 함께 모시는 사회
복지로 바뀌는 전환기에 우리가 살고 있음을 이야기할 때가 된
것 같다.

변두리 어디쯤에서
오래 귀기울이는

80년대를 그린 영화 「1987」을 보았다.

꽃다운 청춘들이 피 흘리는 화면을 보며 나도 30년 전으로 건너갔다. 그때 나는 대학교 3학년이었다. 늘 무언가에 분노가 치밀고, 미래가 답답하던 시절. 기성세대가 만들어놓은 사회가 만족스럽지 못했고, 우리들을 전혀 이해해주지 못하는 어른들이 화나고 우습기까지 했다. 그래서 노래 가사처럼 새로운 '그날'이 오기를 소망하였다. 당시의 그런 기억 중 지금도 선명한 장면이 하나 있다.

87년 유월 어느 날이었다. 서울역 근처 큰 도로변에 전경과 학생들이 대치하고 있었다. 학생들로 이루어진 시위 대열의 변두리쯤에 서 있던 할아버지 한 분이 내 눈에 들어왔다. 그분은 학생들이 나눠준 유인물을 받아 꼼꼼히 읽고, 학생들의 외침을 귀기울여 듣고 있었다. 젊은 학생들 사이의 허연 머리칼의 노인은 이질적인 풍경이었지만 제법 아름답게 느껴졌다.

나는 그분을 보며 '나도 저런 모습으로 나이 들고 싶다.'는 생각을 했던 것 같다. 나이 들어서도 젊은이들이 무슨 이야기를 하는지 어떤 감정을 가지고 있는지 변두리에서나마 들으려고 노력하며 살아가고 싶다고 생각했다.

지금의 청춘도 30년 전의 젊음과 다르지 않아 보인다. 그들도 늘 분개하고 있고, 미래에 대한 걱정으로 혼란스러워 한다. 그런데 왜 청춘은 늘 아프고 힘들까? 청춘이 아프고 힘든 이유는 바로 그들이 한 번도 가지 않은 새길 앞에 서 있기 때문이 아닐까 한다. 낯선 길 앞에 선 이들이 가지는 불안감은 때로는 무모함으로 때로는 안타까움으로 느껴진다. 그들에게 기성세대의 이야기는 따분한 잔소리이거나 가진 자의 횡포 같을 것이다. 내가 대학생 때 기성세대를 보던 삐딱한 맘이 그러했던 것처럼. 산업 사회의 경험과 지식으로 살아온 우리 세대가 제4차 산업 혁명 시대를 살아갈 자식들에게 하는 훈계라는 것은 마치 농사짓는 아버지가 산업 사회의 아들을 훈계하는 느낌과 다르지 않을 것이다.

영화를 보고 나오는 중년들의 얼굴이 젊은이처럼 상기되어 있다. 그들이 일어난 좌석에는 스무 살 혹은 서른 살의 나이가 남아 있는 것 같았다. 하지만 한바탕 과거 예찬의 수다가 끝난 뒤, 그들의 어깨 위에는 하나 둘 현재의 나이가 돌아와 있었다. 나도 예외가 아니었다.

교직 경험이 쌓이니 학생을 보는 눈이 유순해진다. 분노한 늑대가 용맹한 사자로 바뀌는 것도 보고, 순한 양 같은 모범생이 미친 원숭이처럼 바뀌는 것도 보았기 때문이다. 자연스레 학생의 현재 모습을 전부로 보지 않게 되고, 긴 호흡으로 그리고 좀 더 믿음을 가지고 보는 포용력이 생긴다. 그러나 반대급부로 나이 차이로 인한 이질감도 늘어난다. 학생들의 이야기를 알아듣기 힘들어지고 그네들의 말투와 방식이 낯설어지고 심하게는 저항감이 일어나기도 한다. 포용력으로 다 안을 수 없는 다른 차원의 거리감, 이런 것이 세대 차이인가 싶다.

새 학기가 되면 낯선 세대의 아이들이 쭉쭉 학교로 올라올 것이다. 새로운 인종이라 불리는 그들의 낯선 언어와 몸부림을 내가 다 이해는 하지 못하겠지만 나도 그네들의 변두리 어디쯤에 서 있고 싶다. 서울역 앞 시위대 변두리에서 귀기울이던 할아버지처럼 나도 어린 학생들의 이야기를 오래 귀기울여 듣는 기성세대가 되고 싶다.

원래 책 안 읽는 아이

1판 1쇄 발행 2019. 3. 25

지은이 이금희
펴낸이 박상욱
책임편집 최혜령
편집 박은미, 박남숙
디자인 다운미디어
펴낸곳 도서출판 피서산장
등록번호 파주 바 00032
주소 경기도 파주시 조리읍 두루봉로 40
전화 070-7454-0798
팩스 031-947-0848
홈페이지 www.badakin.co.kr
메일 badakin@hanmail.net

ISBN 979-11-966213-0-8   03800
CIP 제어번호 2019010600